Une histoire de gars

 *Collection Intime*

Une histoire de gars

par Sylvie-Catherine De Vailly

TRÉCARRÉ
QUEBECOR MEDIA

Catalogage avant publication de Bibliothèque et Archives nationales du Québec et Bibliothèque et Archives Canada

De Vailly L., Sylvie Catherine, 1966-

Une histoire de gars

(Collection Intime)
Pour les jeunes de 10 ans et plus.

ISBN 978-2-89568-343-8

I. Titre. II. Collection.

PS8593.A526H57 2007   jC843'.54   C2007-940671-8
PS9593.A526H57 2007

Remerciements

Les Éditions du Trécarré reconnaissent l'aide financière du gouvernement du Canada par l'entremise du Programme d'aide au développement de l'industrie de l'édition (PADIÉ) pour ses activités d'édition. Nous remercions le Conseil des Arts du Canada et la Société de développement des entreprises culturelles du Québec (SODEC) du soutien accordé à notre programme de publication. Gouvernement du Québec – Programme de crédit d'impôt pour l'édition de livres – gestion SODEC.

Grille de la couverture : Kuizin Studio Communication
Couverture : Chantal Boyer
Illustration de la couverture : Christine Battuz
Mise en pages : Luc Jacques

© 2007, Éditions du Trécarré

ISBN : 978-2-89568-343-8

Dépôt légal – Bibliothèque et Archives nationales du Québec et Bibliothèque et Archives Canada, 2007

Imprimé au Canada

Éditions du Trécarré
Groupe Librex inc.
La Tourelle
1055, boul. René-Lévesque Est
Bureau 800
Montréal (Québec) H2L 4S5
Tél. : 514 849-5259
Téléc. : 514 849-1388

Distribution au Canada
Messageries ADP
2315, rue de la Province
Longueuil (Québec) J4G 1G4
Téléphone : 450 640-1234
Sans frais : 1 800 771-3022

Pour Stéphanie, Marie-Pier, Marie-Philippe et Kim de l'Académie Antoine Manseau.

Ainsi qu'Éliane et Jasmine, que je remercie tout spécialement.

Chapitre 1

—OK ! ce soir après les cours, chez moi. Préviens Thomas et Charles-Étienne lorsque tu les verras cet après-midi, en maths.

Cédric remplissait son sac à dos de livres et de cahiers pour son prochain cours, tandis que Robin réajustait le sien sur ses épaules.

— *Cool !* ces journées pédagogiques à reprendre. Quatre jours de congé…

— Ouais, mais en réalité nous n'avons que deux jours. Je te reconnais bien là, tu t'emballes toujours autant.

— Deux jours plus le week-end, ça fait quatre… Je ne vois pas en quoi je m'emballe, répliqua Robin d'un air faussement outré.

Cédric boucla son sac en souriant, avant de donner une claque amicale sur l'épaule de son ami.

— Tu as raison… En fait, tu es quelqu'un de très positif. C'est quoi déjà l'expression avec un verre d'eau à moitié plein ?

— Ouais, je la connais, mais, dans ma version, il n'y a pas d'eau ! Les optimistes voient le verre à moitié plein, les pessimistes, à moitié vide !

— C'est ça, t'as encore raison, Einstein... OK, on y va, sinon on va être en retard.

Tout en saluant au passage quelques élèves qui se dispersaient d'un pas rapide dans diverses directions, les deux amis empruntèrent un long corridor aux couleurs fades qui donnait sur une double porte, rouge, lourde et traversée par un solide système de fermeture. Robin poussa sur l'un des battants pour l'ouvrir toute grande, afin de laisser passer son ami avec un geste théâtral.

— Euh, Cédric... comment va Odile ? chuchota-t-il, comme s'il craignait d'être entendu des autres élèves qui, comme eux, se dirigeaient vers leur salle de cours.

Cédric eut un sourire mi-moqueur mi-compréhensif envers son ami d'enfance. Il savait pertinemment que Robin aimait bien sa sœur jumelle, mais qu'il n'osait pas faire les premiers pas malgré tous les encouragements que Thomas, Charles-Étienne et lui-même lui avaient prodigués. Robin Ikeda, malgré sa belle gueule et son *look* vraiment *cool*, demeurait un grand timide. C'était le seul de la bande des quatre à n'être encore jamais sorti avec une fille. Pourtant, il avait de quoi plaire avec son air eurasien (sa mère était québécoise et son père, japonais), ses cheveux de jais, ses yeux foncés, presque noirs, en amande et son teint ivoire. Très grand, Robin affichait un style éclectique qui lui donnait beaucoup d'allure, c'est-à-dire qu'il mariait judicieusement des tendances à la fois dramatiques, mode et classiques qui composaient un heureux mélange. Au premier abord, ce panaché pouvait paraître étrange, mais le jeune Asiatique dosait avec habileté les différents éléments de son apparence, et plus d'un tentait de l'imiter. Quant aux filles, elles usaient d'astuces pour se faire remarquer de Robin, mais cet artiste dans l'âme n'avait d'yeux que pour la très jolie Odile. Ses copains se moquaient souvent de son romantisme démodé, ce à quoi Robin répondait, en haussant les épaules, que ça faisait partie de sa personnalité.

— Elle va très bien... Elle sera à la répète ce soir, comme d'habitude. Tu ne souhaites toujours pas lui dire ce que tu ressens ?

— Pas encore, je ne suis pas prêt, avoua Robin, le regard perdu entre quelques mèches noires.

— C'est toi qui le sais ! Mais je trouve que tu tardes... Fais gaffe, plus t'attends, plus elle risque de se trouver quelqu'un. Bien que ce soit ma sœur, j'trouve qu'elle est pas mal et je vois bien les regards qu'elle attire sur son passage.

— Tu te trouves drôle, là ? Tu me fais rire quand tu dis que tu la trouves pas mal... Vous vous ressemblez comme deux gouttes d'eau, vous êtes pareils ! T'es juste un peu plus grand, tes jambes sont plus poilues et tu ne portes pas de jupes… C'est à peu près les seules choses qui vous différencient.

— Non, là-dessus t'as tort ! Je suis plus beau qu'elle !

— Ouais, ça, c'est toi qui le dis ! Mais même si tu te trouves plus beau, je préférerais sortir avec elle… J'la trouve, disons, plus féminine !

Les deux amis étaient arrivés à leur salle de cours, et c'est en s'esclaffant qu'ils allèrent s'asseoir à leur place tandis que quelques élèves se demandaient ce qui provoquait leur rire.

Cédric attendait ses copains, tout en remplissant un mini-réfrigérateur de canettes et de bouteilles de jus gazéifiés, afin qu'ils soient frais plus tard. Ils devaient se préparer et travailler sérieusement, car les Isotopes allaient passer une audition dans moins d'un mois. L'école cherchait quelques groupes pour une soirée servant à collecter des fonds pour le méga-party de fin d'année. C'était une tradition dans l'établissement depuis des lustres. Les élèves devaient amasser l'argent nécessaire à cette soirée attendue avec impatience par la majorité des jeunes. Pour cela, on organisait des activités payantes telles que des concerts, des spectacles et des pièces de théâtre dans l'auditorium ainsi qu'à l'extérieur, dans l'immense cour. Les spectacles étaient ouverts à tous — élèves, parents et amis —, et l'argent recueilli allait directement dans la caisse servant à financer cette fameuse soirée de fin d'année scolaire. Les élèves de chaque niveau organisaient une activité qu'ils avaient choisie avec l'accord de l'administration de l'école, accord qui, avouons-le, ne faisait pas toujours l'affaire des jeunes, surtout ceux des premiers niveaux.

Cédric Langevin avait la chance de partager avec sa sœur Odile tout le sous-sol de la maison familiale. Leur père l'avait même fait insonoriser pour leur seizième anniversaire. Mais il l'avait également fait pour lui, leur avait-il confié à la rigolade, car il supportait difficilement le bruit que faisait le groupe en répétant sa musique rock alternative.

Depuis maintenant deux ans, ces amis d'enfance se réunissaient tous les vendredis pour composer de la musique et écrire des textes, ainsi que pour répéter leurs morceaux. Leur groupe s'appelait les Isotopes. Cédric était le chanteur et le meneur du groupe, Robin, le bassiste, Thomas Bilodeau, le batteur, et Charles-Étienne Radisson, le guitariste. L'amitié qui liait les quatre garçons se consolidait toujours plus chaque semaine et se reflétait également dans leur musique. Depuis l'enfance, ils avaient passé tout leur temps ensemble, faisant souvent les quatre cents coups. Grâce à ces rencontres hebdomadaires, ils étaient maintenant plus solidaires que jamais, et il leur semblait que rien ne pouvait les séparer. Tous, même leurs parents, s'accordaient à dire qu'ils seraient unis pour la vie. Les quatre amis plaisantaient parfois en déclarant qu'ils finiraient leurs jours dans la même maison de retraite !

Cédric avait les cheveux mi-longs, lui arrivant presque aux épaules, ondulés châtain blond, des grands yeux noisette et des lèvres charnues, et il savait qu'il plaisait énormément aux filles. C'était d'ailleurs une blague récurrente au sein du groupe : les filles ne venaient les voir que pour lui. Il aurait pu chanter faux, ça n'aurait eu aucune importance. Les autres membres des Isotopes étaient également assez séduisants, mais Cédric faisait beaucoup plus de conquêtes féminines. Il avait un petit je-ne-sais-quoi qui faisait craquer les demoiselles, et même les plus âgées. Mais le jeune chanteur ne semblait cependant pas particulièrement attiré par ses fans. Bien sûr, il avait eu quelques amies, plusieurs même, mais ces relations ne duraient jamais très longtemps. La plus longue de ses histoires avait duré cinq semaines, et cet exploit restait dans les annales des relations amoureuses du groupe. Le jeune homme préférait, se défendait-il, étudier et se consacrer à la musique. Il répétait souvent à ses copains qu'il cherchait une relation honnête et durable, un aveu qui provoquait généralement des fous rires et des sous-entendus. Tous savaient que Cédric était un séducteur dans l'âme et qu'il prenait plaisir à collectionner les aventures.

Mais ce que Cédric n'avouait pas à ses amis, c'était l'opinion qu'il se faisait de l'amour – opinion, avouons-le, pas très positive. Sa sœur et lui avaient vu leurs parents se déchirer dans des scènes épouvantables : une vie familiale marquée par une mère toujours absente et, finalement, ç'avait été le divorce inévitable. Depuis, le jeune homme avait la conviction profonde que les amours se soldent toujours par des échecs. Si l'amour n'avait rien de durable, à quoi cela pouvait-il bien servir d'avoir une relation sérieuse ? Cédric se confortait dans cette idée en se répétant régulièrement : « L'amour est une utopie ! Mes propres relations en sont la preuve ! Ce n'est pas pour moi. Jamais je ne tomberai en amour, c'est totalement ridicule ! Quelle connerie d'y croire, et encore plus de l'espérer ! »

— *Hey*, salut, entre ! T'es tout seul ? demanda Cédric.

Le chanteur se mit sur le côté pour laisser Thomas entrer.

◄◊►◄◊►◄◊►◄◊►◄◊►◄◊►◄◊►

— Non, Charles-Étienne attache sa Vespa.

Thomas claqua la main de son ami en guise de bonjour.

— On parle de moi ? lança d'une voix grave l'ombre imposante qui venait d'apparaître derrière Thomas.

— Salut Page ! dit Cédric en répétant le même geste de bienvenue avec le nouvel arrivant. *Cool*, il manque juste Robin… Il doit être en train de se faire beau, lança Cédric avec un clin d'œil, et on sait pour qui !

— Sûrement pas pour moi en tout cas, rétorqua Charles-Étienne – surnommé Page – en souriant. Ça fait longtemps que je ne lui fais plus d'effet !

Alors que les trois garçons éclataient de rire, Odile apparut dans l'encadrement de la porte.

— Qu'y a-t-il de si drôle ? demanda-t-elle, intéressée.

L'arrivée de la jeune fille eut pour effet de déclencher chez eux un fou rire, et c'est en se tenant les côtes qu'ils se dirigèrent vers l'escalier qui menait au sous-sol. Ils laissèrent derrière eux Odile qui les regardait sans rien comprendre.

— Ah, les garçons ! lança-t-elle en haussant les épaules. Je me demande s'ils se comprennent même entre eux. J'en doute !

Le timbre de la sonnette d'entrée se fit entendre, et Odile s'élança aussitôt pour aller ouvrir.

Elle savait pertinemment qui était à la porte ; elle se contempla un court instant dans l'immense miroir de l'entrée pour vérifier sa mise. D'un œil expert, elle s'examina en moins de temps qu'il n'en faut pour battre des cils. La jeune fille replaça une mèche rebelle, afficha son plus beau sourire et ouvrit dans un même élan la porte d'entrée. Robin, qui ne s'attendait visiblement pas à la voir lui ouvrir la porte, eut un léger mouvement d'étonnement.

La jeune fille était vraiment jolie. Elle ressemblait énormément à son frère, mais quelque chose d'infiniment féminin se dégageait de ses yeux noisette accentués par de longs cils, de ses lèvres charnues toujours humides et de la blondeur de ses cheveux éméchés. Légèrement plus petite que son jumeau (à peine deux centimètres), elle mesurait déjà un mètre soixante-treize. Mince, la jeune fille affichait une élégance naturelle, même en jeans.

— Oh, salut Odile… ils sont arrivés ? baragouina Robin avec un air qui se voulait détaché.

Devant cette froideur apparente, Odile laissa retomber ses épaules en soupirant, encore une fois déçue.

— Ouais, ils sont au sous-sol, entre…

Robin s'élança aussitôt dans cette direction sans rien ajouter. La jeune fille le regarda s'éloigner, navrée.

— C'est ça, cours les rejoindre. On dirait que je lui fais peur. Ah ! les garçons… grogna-t-elle, c'est à n'y rien comprendre. Pourtant, je suis certaine que je ne dois pas le laisser indifférent... Ben, d'après Éliane, en tout cas.

Sans attendre, la jeune fille grimpa à l'étage pour gagner sa chambre à coucher. Elle alluma son ordinateur, ouvrit directement sa boîte de réception et cliqua sur l'icône « À conserver » pour relire le message qu'elle avait reçu le matin même avant de partir à l'école.

Éliane : Salut, koi de 9 ?

Odile : Rien de 9, je me prépare pour l'école...

Éliane : Y paraît ke Robin a le kik sur toi.

Odile : Lol, mdr !

Éliane : C Jasmine ki me la dit, c Charles-Étienne ki lui a dit. Tlm le dit.

Odile : Pas sûr. On s'en reparle à l'école. Suis en retard. À+

Odile relut encore une fois le message. Bien sûr, lorsqu'elle avait appris la nouvelle, elle en avait été ravie – elle espérait cela depuis si longtemps ! –, mais le manque d'intérêt qu'affichait constamment Robin refroidissait ses espoirs. « Encore une rumeur. Ce gars-là ne me voit même pas ! » pensa-t-elle. Puis, haussant les épaules, elle conclut : « Tant pis pour lui ! Ouais... Pis tant pis pour moi aussi ! »

La jeune fille éteignit son ordinateur et resta songeuse un moment. Puis elle se leva pour descendre rejoindre le groupe qui, depuis quelques minutes, avait entamé les premières notes d'une de ses chansons, celle que les garçons avaient choisi de présenter à l'audition.

Assise en retrait, les yeux fixés sur le bassiste, qui lui ne levait pas les siens de sa guitare, Odile rythmait les mélodies qu'elle connaissait par cœur. Depuis maintenant plus d'une heure le groupe répétait avec sérieux.

— OK, on arrête, j'ai soif, lança Cédric en se dirigeant vers le mini-frigo qu'il avait rempli un peu plus tôt.

Charles-Étienne attrapa la bouteille de jus gazéifié que lui lançait le chanteur, tout en disant :

— Ouais, j'ai quelque chose à vous dire… Une nouvelle qui ne va pas du tout vous enchanter.

— Nous allons enfin savoir ce qui te turlupine depuis quelque temps, lança Cédric en décapsulant une bouteille d'eau d'un vert léger, à saveur de kiwi.

Les quatre musiciens prirent place sur un vieux divan défoncé aux couleurs bariolées. Odile décida de demeurer là où elle se trouvait, encore un peu vexée de l'attitude de Robin. Thomas, Cédric et Robin regardaient Charles-Étienne, attendant en silence qu'il se décide à parler.

— Bon, voilà, j'ai une mauvaise nouvelle à vous annoncer… Ça fait déjà moment que je le sais… Mais il me fallait du temps pour digérer l'info et être capable de vous en parler.

Il marqua un temps d'arrêt avant de lancer d'une voix troublée :

— Mes parents ont décidé de divorcer…

— Bienvenue au club ! lança Cédric, en levant sa bouteille pour souligner la nouvelle, sous le regard désapprobateur des autres.

— En réalité, la mauvaise nouvelle, c'est pas ça, poursuivit Charles-Étienne sans vraiment prêter attention à Cédric. Bon, c'est sûr, c'est pas *cool*, mais honnêtement, ça fait tellement longtemps qu'ils s'engueulent que c'est plutôt une délivrance de savoir que ça va changer. Non, la mauvaise nouvelle c'est que mon père vient d'accepter un poste en Angleterre, et d'un commun accord avec ma mère…

Il marqua une pause avant de laisser tomber :

— … ils ont décidé que je partais vivre avec lui là-bas.

— Hein ? lança Robin.

— Ben voyons donc ! renchérit Cédric en se levant d'un bond.

Quant à Thomas, il resta bouche bée quelques instants tout en regardant ses amis à tour de rôle, avant de se décider à dire :

— T'es pas sérieux ?

Seule Odile demeurait silencieuse. Elle regardait fixement la guitare de Charles-Étienne, en pensant à la tournure que prendraient les événements. Les quatre amis ne dirent rien pendant un bon bout de temps. Chacun avait les yeux rivés sur ses chaussures. Enfin, Robin rompit le silence.

— Quand pars-tu ?

Charles-Étienne releva la tête. Ses yeux bleus d'habitude éclatants étaient un peu vitreux, légèrement embués. D'une main, il ébouriffa ses cheveux déjà hirsutes pour se donner un peu plus de contenance.

— Dans deux semaines.

L'annonce tomba comme un couperet. Un lourd silence s'installa dans le sous-sol qui, quelques instants plus tôt, résonnait et tremblait encore au rythme des instruments de musique.

— Je sais que c'est *poche*… Va falloir que vous trouviez quelqu'un d'autre pour l'audition. Se tournant vers Odile, il ajouta : Dommage que tu ne saches pas jouer de la guitare électrique, tu connais déjà tous les morceaux.

Robin jeta un coup d'œil furtif à la jeune fille qui continuait à l'observer. Cédric avala sa boisson avant de déclarer :

— Pour être *poche*, c'est *poche* ! C'est loin, l'Angleterre, on ne pourra pas se voir souvent ! Après un court silence, il ajouta : Es-tu content au moins ?

Odile lui jeta un regard désobligeant, elle trouvait que son frère manquait très souvent de tact. C'était, elle en était convaincue, sa façon à lui de masquer ses sentiments.

— Bof ! En fait je trouve ça plutôt *cool*, pis d'un autre côté… concéda celui que ses amis surnommaient affectueusement Page, en référence à sa passion pour la musique et pour le célèbre guitariste Jimmy Page qui, en plus d'avoir eu une influence considérable sur l'histoire du rock, était anglais.

La jeune fille regardait la scène avec curiosité. « Entre filles, on se serait toutes mises à pleurer, mais eux non. Ils ont de la peine, c'est évident, mais rien ne transparaît. Leurs émotions passent par les mots, par des banalités et par des silences… »

— Ouais, y a des sacrés bons groupes en Angleterre, rétorqua Thomas. Pour un gars comme toi qui se passionne pour le sujet, tu vas *triper*. C'est le berceau des groupes d'avant-garde, de la vraie musique…

Un autre silence s'installa entre eux, avant que Charles-Étienne tire la conclusion à laquelle tous pensaient.

— Va falloir vous trouver un autre guitariste. Je sais que ça ne laisse pas beaucoup de temps. Je suis désolé ! J'en connais quelques-uns, j'vais leur en parler. Je vous laisse ma guitare en attendant, j'en ai déjà parlé à mes parents… Pis, j'vais revenir !

Les quatre copains échangèrent des regards lourds d'une multitude de non-dits. Robin, Thomas et Charles-Étienne étaient visiblement troublés par cette séparation prochaine. Seul Cédric affichait une attitude plus désinvolte, plus détachée.

— OK, finit-il par dire, on va passer des auditions. On va mettre une annonce sur le babillard au café étudiant et en parler autour de nous. D'ici le week-end prochain, faut qu'on ait trouvé un autre guitariste, sinon on peut dire bye-bye à notre propre audition.

Chapitre 2

Ça fait quatre gars qu'on fait passer, et on n'a toujours rien entendu d'intéressant. Je ne veux pas paraître pessimiste, mais je commence à avoir des doutes, lança Thomas à l'intention de Cédric et Robin, comme lui affalés sur le divan défoncé du sous-sol, après que le dernier guitariste inscrit sur leur liste fut parti.

Tous les candidats qui s'étaient présentés avaient été incapables de suivre convenablement les partitions, à cause d'un manque évident d'expérience, principalement lié à leur jeune âge. Les Isotopes composaient maintenant des morceaux plus élaborés, et ils avaient depuis longtemps dépassé le stade des simples accords.

— Non, non, non, ne paniquons pas, rétorqua Robin, nous allons trouver. Nous n'en avons vu que quatre. D'ailleurs, j'ai peut-être quelque chose à vous proposer, mais...

— Mais quoi ? demanda Cédric en se redressant sur ses coudes, soudainement intéressé.

— Je sais que nous nous étions vaguement entendus, lorsque nous avons créé le groupe, de ne jamais y intégrer de filles. Enfin, c'est plutôt toi, Cédric, qui avais insisté sur ce détail… parce que nous…

— Ouais, et je reste sur mes positions, rétorqua aussitôt le chanteur, sur la défensive.

— Non, mais attends, laisse-le finir… intervint Thomas avant de se tourner vers Robin, tu connais une fille qui joue de la guitare électrique, c'est ça ?

Robin hocha la tête, avant d'ajouter :

— Ma cousine en joue depuis au moins trois ans, et je dois avouer qu'elle est pas mal bonne. Avant, elle jouait de la guitare sèche. Elle saurait nous accompagner sans difficulté. Elle lit la musique comme si c'était un livre.

Robin regarda tour à tour Thomas et Cédric, avant de demander :

— Je lui dis de venir ?

Cédric se redressa pour passer à la position assise.

— *No !* rétorqua-t-il avant de se lever tout à fait dans un élan.

— Comment : *no ?* Non, mais attends un instant… T'as beau être le chanteur du groupe, t'es pas seul à prendre des décisions, répliqua Thomas, visiblement vexé par l'attitude intransigeante de son ami. Si elle est bonne, on s'en fout que ce soit une fille. Moi, ça ne me dérange pas du tout. D'ailleurs, c'est quoi ton problème avec les filles ? À part Odile, aucune n'a le droit de venir ici. Serais-tu misogyne ?

Cédric le regarda. Un sourire moqueur apparut sur ses lèvres et un air provocateur se lut sur son visage. Odile le connaissait assez pour savoir qu'il allait passer à l'attaque. Il affichait toujours cet air de suffisance quand il voulait volontairement blesser quelqu'un.

— Misogyne ? *Wow* ! C'est un nouveau mot que tu viens d'apprendre ? Je suis franchement épaté par l'étendue de ton vocabulaire, Thomas Bilodeau ! Sais-tu également comment l'écrire ? Je pense qu'avec un tel lexique tu devrais réussir ton cinquième secondaire, cette année !

Thomas plissa les yeux, qui ne formèrent bientôt plus qu'une fine ligne, tandis que ses lèvres et ses poings se serraient. Il allait s'élancer sur Cédric quand Robin jugea qu'il était temps d'intervenir avant que la situation dégénère.

— *Wow*, on se calme ! dit-il en s'interposant entre ses deux amis. On ne va pas se battre pour ça. Cédric, je crois que tu pourrais mettre un peu d'eau dans ton vin. D'ailleurs, je ne comprends pas très bien pourquoi tu as toujours refusé qu'on ait des filles au sein du groupe. Mais ça, c'est ton problème, pas le nôtre. Dans la situation où on se trouve, je pense que nous n'avons plus le choix. Je vais donc proposer à Stéphanie de passer l'audition comme les autres, et nous prendrons notre décision après. OK ?

Sans rien ajouter, Cédric leur tourna le dos pour disparaître dans la petite salle de bains attenante à leur local de répétition. De derrière la porte, Robin et Thomas l'entendirent crier :

— Si elle est nulle, on ne la prend pas ! Pas de passe-droit parce que c'est ta cousine. Elle a intérêt à être bonne…

Robin voulut échanger un sourire de connivence avec Thomas, mais celui-ci rongeait son frein, encore vexé.

— Stéphanie, je te présente Thomas, notre batteur, et Cédric, le chanteur. Les gars, voici Stéphanie. Stéphanie Lavigne, ma cousine, et excellente musicienne avec ça.

La jeune fille était légèrement plus petite que Robin. Elle avait les deux mains enfoncées dans son jeans troué, et c'est d'un sourire éclatant qu'elle les salua. Elle était vraiment jolie avec ses cheveux roux, longs et légèrement bouclés, son nez minuscule et ses lèvres couleur rose bonbon. Thomas leva la main pour la saluer, l'air un peu abruti, tandis que Cédric ne lui accordait même pas un regard. Robin avait prévenu la jeune fille de l'attitude probable de Cédric, et c'est sans indignation apparente qu'elle accueillit son comportement de goujat.

— Êtes-vous sûrs d'être de la même famille ? Vous ne vous ressemblez pas du tout, demanda Thomas, visiblement sous le charme.

— Nos mères sont sœurs, et chez nous, tout le monde est roux, sauf moi… J'imagine que les gènes de mon père ont été les plus forts ! expliqua Robin.

Cédric, qui ne semblait même pas écouter la conversation, désigna d'un geste théâtral la guitare de Charles-Étienne déposée sur son socle, signifiant ainsi à la nouvelle venue qu'il était temps de démontrer son savoir-faire. Sans attendre, elle sortit son propre instrument de son étui. Une magnifique American Vintage '62 Stratocaster, d'un rouge profond, aux accessoires chromés.

— Si ça ne vous dérange pas, je préfère la mienne, dit-elle en souriant.

Stéphanie s'installa aussitôt, brancha l'amplificateur, accorda l'instrument et se lança sans plus attendre dans un morceau que tous reconnurent comme étant *Perfect World* de Simple Plan. Son habileté et son talent ne faisaient aucun doute, et c'est en roulant les yeux que Cédric comprit qu'il y aurait dorénavant une fille au sein des Isotopes. Il leva la main pour lui signaler d'arrêter.

— OK ! Ça va, ça va. J'espère que tu apprends vite, car tu dois tout savoir d'ici deux semaines. Est-ce qu'on peut se fier à toi ?

Stéphanie plongea son regard vert pétillant dans les yeux noisette du chanteur, tout en saisissant les partitions qu'il lui tendait.

— Ne t'inquiète pas, je serai à la hauteur. Robin m'a tout expliqué. Je serai prête. Quand commence-t-on les répètes ?

— Demain, quinze heures. Sois à l'heure !

Cédric se dirigea vers les escaliers et disparut. Robin regarda Stéphanie en lui décochant un clin d'œil, tandis que Thomas lui souriait bêtement.

— T'es vraiment bonne, finit-il par dire avec un sourire un peu niais.

Les répétitions allaient bon train. L'arrivée de Stéphanie au sein du groupe avait visiblement changé Thomas, qui, depuis, faisait des efforts apparents pour améliorer son allure. Plutôt grand, les yeux bruns et les cheveux bruns, coupés court, le jeune batteur n'avait jamais cru nécessaire de s'arranger un peu pour plaire. Assez mignon, il savait pertinemment que les filles, malgré son manque de style, n'étaient pas totalement indifférentes à sa personne. Il prétendait en riant que c'était la longue cicatrice sur son bras gauche, due à un accident survenu alors qu'il était plus jeune, qui le rendait si séduisant. « Les filles aiment bien les gars aux allures de *bum* ! » plaisantait-il souvent.

Le batteur avait eu, lui aussi, quelques amourettes, mais jamais rien de bien sérieux. La présence de la jeune guitariste avait changé quelque chose en lui, et ses amis s'en rendaient compte. Cette constatation faisait sourire Robin et Odile, mais irritait singulièrement Cédric, qui lançait souvent à Thomas des vannes sur un ton plutôt méchant. Thomas les encaissait stoïquement, insensible aux remarques acerbes du chanteur.

Odile avait elle aussi rencontré la nouvelle venue, et très vite un solide lien d'amitié les avait unies. Tous semblaient sous le charme de Stéphanie, sauf Cédric qui passait son temps à la reprendre. De l'avis de tous, la nouvelle guitariste était excellente, et le manque évident d'honnêteté du chanteur créait beaucoup de tension. Robin avait tenté plusieurs fois de lui en glisser un mot, mais chaque fois, Cédric lui avait répondu qu'ils se faisaient des idées et qu'il n'était de toute façon pas nécessaire qu'il la trouve géniale. Le principal, concluait-il, c'était que les Isotopes réussissent l'audition, le reste importait peu.

Il restait une semaine avant les auditions. Stéphanie avait intégré le groupe comme si elle en avait toujours fait partie. Elle connaissait presque toutes les partitions, et c'était avec une gaieté évidente qu'elle se présentait à chaque répétition, malgré l'attitude glaciale du chanteur. Mais cela ne semblait pas réellement l'affecter, du moins en apparence. La guitariste rêvait depuis si longtemps de faire partie d'un groupe que ce n'était pas la mauvaise volonté de Cédric qui allait ternir sa joie. Elle s'imaginait que c'était probablement le stress de l'audition qui causait l'humeur exécrable de Cédric et que ce dernier redeviendrait sûrement plus aimable à son égard s'ils remportaient le concours.

De son côté, Odile ne savait plus quoi penser. Elle avait bien surpris plusieurs fois le regard que Robin lui jetait, mais elle ne parvenait toujours pas à en comprendre la signification. Le bassiste, pour sa part, hésitait encore à lui parler, et il se sentait terriblement idiot chaque fois qu'il se retrouvait en face d'elle. À quelques reprises, il s'était élancé vers elle, décidé à tout lui dire, mais au dernier moment il avait dévié vers un autre sujet, tout en se traitant chaque fois de lâche et d'imbécile. Il en était venu à la conclusion qu'avouer ses sentiments à quelqu'un supposait deux aptitudes totalement différentes : soit un courage hors du commun, soit de l'idiotie à l'état pur ! En souriant pour lui-même, le bassiste s'avouait qu'il n'avait à l'évidence pas l'étoffe d'un héros.

Ce qui l'intriguait encore plus que son manque de courage devant ses propres sentiments, c'était le comportement odieux que Cédric réservait à sa cousine. Il n'avait jamais vu le garçon réagir ainsi avec personne. Plus d'une fois, il avait tenté de le questionner à ce sujet, mais chaque fois il s'était heurté à un mur. En haussant les épaules, Robin décida qu'il valait mieux se concentrer sur l'audition et sur ses problèmes personnels. De toute façon, il en était convaincu, Cédric lui dirait en temps voulu les raisons profondes de son attitude. Quant à Stéphanie, elle ne semblait pas vraiment souffrir de ces indélicatesses, mais donnait au contraire l'impression de nager dans le bonheur parmi eux – c'était du moins ce que pensait Robin.

— Bon, OK, demain c'est le grand jour, commença Cédric, alors que toute la bande était réunie pour une dernière répétition. Je pense que nous sommes prêts. De toute façon, nous n'avons plus le choix, nous y sommes.

— Comment on s'organise pour demain ? demanda Robin. On part tous ensemble ou on se donne rendez-vous là-bas ?

— On se rejoint sur place. Mon père va nous aider à transporter les instruments, et je l'accompagnerai. L'audition est à dix heures du matin, nous sommes les deuxièmes à passer…

— Y aura-t-il beaucoup de groupes ? interrogea Stéphanie de sa voix douce, en fixant attentivement le chanteur, les deux mains enfoncées dans son éternel jeans troué.

Cédric ne tourna même pas les yeux vers elle et resta silencieux comme si elle n'existait pas. Thomas se racla la gorge pour marquer sa désapprobation, ce qui incita Cédric à répondre :

— Je pense que nous sommes quatre ou cinq groupes, dit-il en lançant à la guitariste un regard antipathique.

— Est-ce qu'on porte quelque chose de distinctif… une tenue particulière… pour l'occasion ? poursuivit la jeune fille innocemment.

Cédric éclata de rire en la dévisageant.

— Quoi, par exemple ? Une jolie boucle rouge dans nos cheveux ? Oh ! vraiment *hot*!… On est un groupe de rock, pas une bande de midinettes, conclut-il sur un ton réellement méchant.

Robin et Thomas allaient intervenir, mais Stéphanie leur fit signe de rester à leur place.

— Je peux me défendre seule, dit-elle en se tournant aussitôt vers le chanteur pour lui lancer : C'est quoi ton problème, gros malin ?

Cédric s'avança vers elle et se retrouva à quelques centimètres de son visage.

— Mon problème, c'est toi, poupée ! Je ne voulais pas de fille dans le groupe, je n'en ai jamais voulu… Si t'es là, c'est uniquement parce qu'on a besoin d'un guitariste, un point c'est tout ! Alors, joue de la guitare et garde tes commentaires stupides pour toi !

Stéphanie se rapprocha un peu plus de Cédric et lui rétorqua d'une voix posée :

— Sais-tu jouer de la guitare, mon chou ? J'espère... parce que demain tu te démerderas tout seul ! Voilà ce que la poupée à la boucle rouge te répond ! Démerde-toi !

Sans attendre de réponse, elle s'élança vers les escaliers pour quitter la demeure, laissant Cédric quelque peu décontenancé. Celui-ci ne s'était pas attendu à ce qu'elle réagisse de la sorte, elle qui depuis le début demeurait toujours calme et souriante.

Robin, Thomas et Odile restèrent interdits, regardant fixement l'escalier, tandis que Cédric détournait la tête dans la direction opposée.

— Bravo ! lança Odile, furieuse. Ah, là, t'as fait fort !

— Non, mais t'es malade ou quoi ? hurla Thomas. Je ne comprends pas ce qui t'arrive depuis que Stéphanie fait partie du groupe...

— Elle ne fait pas partie du groupe, elle n'en a jamais fait partie et elle n'en fera jamais partie, rétorqua Cédric, en se penchant pour éteindre un des amplificateurs.

— Dois-je te rappeler que nous passons une audition demain matin ? demanda Robin d'une voix inquiète. Tu veux qu'on laisse tomber ? Parce que là, c'est ce qui est en train de se produire.

— Ah, foutez-moi la paix ! hurla Cédric en se ruant à son tour vers les marches pour quitter au plus vite la pièce.

Robin, Thomas et Odile demeurèrent silencieux pendant de longues minutes, les yeux tournés vers le rez-de-chaussée, visiblement estomaqués par ce qui venait de se produire. Puis Thomas déposa ses baguettes de *drums* sur son siège avant de dire :

— Je n'en reviens pas… Quelle histoire ! Ça augure mal…

Après une minute de réflexion, il conclut en haussant les épaules :

— Bon ben, moi, je vais rentrer… De toute façon, il n'y a plus rien à faire pour aujourd'hui. Appelez-moi pour me tenir au courant pour demain. D'ici là, il se sera peut-être calmé ! Mais entre nous, même si Cédric est un copain de longue date, je ne le comprends pas toujours. En tout cas, aujourd'hui je n'ai rien compris. Elle est géniale, cette fille. Pourquoi est-ce qu'il lui en veut autant ?

Robin et Odile haussèrent les épaules en même temps, ce qui fit sourire Thomas.

— OK ! Moi, je rentre, je suis crevé, j'ai mal à la tête, pis j'ai faim. Je vais aller me reposer, au cas où… pour demain. À plus. J'attends votre appel.

Thomas laissa Robin et Odile seuls, complètement découragés par ce qui venait de se passer. Il connaissait Cédric depuis longtemps, et ce n'était pas la première fois qu'il était témoin de son caractère difficile. Il en avait souvent fait les frais lui-même, mais cette fois, l'attitude de son ami le déconcertait.

— On va dehors ? demanda finalement Odile à Robin, j'ai envie de prendre l'air, pas toi ?

Robin acquiesça de la tête, avant de la suivre derrière la maison, au bord de la piscine creusée. La cour était magnifique et vraiment très grande. D'un côté se trouvait la partie jardin, où se dressaient plusieurs arbres et où poussait une grande variété de fleurs et d'arbustes, et de l'autre, la piscine et son îlot surmonté d'un auvent permettant de prendre d'agréables repas à l'ombre. Robin avait toujours aimé se retrouver ici, il sourit en se rappelant plusieurs soirées qu'il avait passées avec ses copains.

Maintenant, il y était seul avec Odile. Son Odile. Il se demanda si leur présence dans ce lieu allait faire naître de nouveaux souvenirs impérissables. Devait-il profiter de l'occasion qu'il avait d'être enfin seul avec elle pour lui dévoiler ce qu'il ressentait ? L'instant était-il propice à ces révélations, après ce qui s'était produit entre Cédric et Stéphanie ? Il n'eut pas à se poser ces questions bien longtemps. Odile, qui se trouvait tout près de lui, lui mit la main sur l'épaule pour le convier à se tourner vers elle, puis elle plaqua goulûment ses lèvres pulpeuses contre les siennes, sans aucun préavis. Robin eut alors le réflexe de la repousser. Ils se regardèrent les yeux dans les yeux pendant un bref instant, avant que le jeune bassiste n'approche de nouveau ses lèvres de celles d'Odile : elle était aux anges. Robin se dit alors qu'il avait beaucoup trop tendance à réfléchir au lieu de passer à l'action.

Ils passèrent ainsi un long moment dans les bras l'un de l'autre à se chuchoter des tendresses, à se faire des promesses, à s'embrasser passionnément. Puis Odile aborda brusquement un autre sujet :

— Pourquoi crois-tu que Cédric s'en prend ainsi à Stéphanie ? La connaissait-il avant ? S'est-il passé quelque chose entre eux ?

Robin tenait Odile calée contre son épaule, appréciant avec égoïsme ces instants qu'il avait imaginés depuis si longtemps. Aborder le cas de Cédric, ce n'était pas ce dont il avait rêvé pour leur première rencontre amoureuse, mais il tenait à faire comprendre à celle qu'il aimait l'importance qu'avaient pour lui ses inquiétudes et ses problèmes. Tout en remerciant intérieurement Cédric de lui empoisonner la vie, il répondit à Odile :

— Je n'en sais rien, mais je ne crois pas qu'ils se soient rencontrés auparavant… Stéph me l'aurait dit. Je ne sais pas pourquoi il réagit ainsi, et j'ai plusieurs fois essayé d'en connaître les raisons, mais il ne répond jamais. Toi, tu es sa sœur, peut-être…

— Oublie ça ! Jamais il ne se confie à moi, justement parce que je suis sa sœur… Mais, en tant que jumelle, je peux te dire que je sens chez lui une tristesse, un grand vide depuis un certain temps… Je ne peux pas te l'expliquer, mais je le sens.

— Il faut découvrir pourquoi… Il a peut-être besoin d'aide.

— OK, mon chevalier servant, nous l'aiderons, plus tard. Mais avant… si nous revenions un peu à nous…

Robin plongea ses yeux en amande presque noirs dans les magnifiques iris noisette de celle qu'il avait si longtemps espérée. Heureux de la tournure des événements, Robin, fou d'amour pour la jolie Odile, oublia aussitôt la discussion qu'ils venaient d'avoir. D'un geste tendre, le regard amoureux, il lui caressa la joue avant de lui susurrer :

— J'avais tant de choses à te dire depuis si longtemps…

Robin plaqua avec passion sa bouche sur celle d'Odile.

— Cédric, je veux comprendre, lança sans préambule Robin à son ami d'enfance. Et ne me dis pas qu'il n'y a rien. Vois-tu, personne n'y croit plus !

Cédric était affalé devant la télévision, allumée sur Vrak-TV, qui diffusait une émission pour les jeunes. Il avait le regard dans le vide. Le son était baissé, et les personnages animés dansaient devant ses yeux inexpressifs. Cédric ne semblait pas avoir remarqué la présence de Robin. Le jeune bassiste alla s'asseoir à ses côtés. Sans avertissement, il prit la télécommande et ferma le poste de télévision.

— Ne fais pas semblant de ne pas m'entendre, s'il te plaît, je trouve ça nul et insultant ! Qu'est-ce qui se passe ?

Le chanteur tourna la tête vers son ami, esquissant un sourire qui semblait un peu trop forcé.

— Mais qu'est-ce que tu me racontes là ? lança-t-il enfin à Robin, en lui arrachant la télécommande des mains et en rallumant le téléviseur.

— Écoute, Cédric, je trouve que tu fais bien des mystères. Nous n'avons pas le temps pour ça. On a une audition demain, je te le rappelle, une audition dont tu nous rebats les oreilles depuis des lunes. Ça fait des mois qu'on pratique, et du jour au lendemain, à cause de je ne sais quoi, tu t'en balances ! Non ! Il se passe quelque chose. Je pense, et je ne suis pas le seul, que nous avons droit à une explication, parce que là, tu nous imposes *ta* décision…

Cédric, qui regardait fixement les images qui se succédaient sur l'écran de télévision, tourna alors la tête vers Robin. Il se mâchouillait l'intérieur des lèvres et des joues. « Un signe évident qu'il est tourmenté », songea Robin. Cédric avait l'habitude de se ronger les ongles ou de se mordiller l'intérieur de la bouche lorsqu'il avait des soucis. C'était un tic qu'il maîtrisait lorsqu'il était détendu, mais qui revenait en force dès qu'il était inquiet ou stressé. Sans aucune explication, Cédric se leva, ajusta son t-shirt bleu anthracite, XL, recouvert d'imprimés représentant des symboles de dactylo, puis alla chercher le téléphone sans fil qui traînait sur un des rayons de la bibliothèque.

— C'est quoi déjà, le téléphone de ta cousine ? Tiens, compose-le et passe-la-moi !

Cédric lança le combiné à Robin qui l'attrapa de justesse. Ce dernier regarda son ami, cherchant à comprendre ses intentions. Sans rien dire, il composa le numéro de Stéphanie et tendit l'appareil au chanteur. Un long silence s'installa.

— C'est son répondeur, lança Cédric d'un ton neutre. Stéphanie, c'est Cédric, rappelle-moi dès que tu as ce message.

Il raccrocha.

— Content ?

— Content ? Mais tu ne lui fais même pas d'excuses… Est-ce que tu crois qu'elle va te rappeler comme ça, juste parce que tu lui demandes ? C'est mal connaître Stéph. Et puis après, si elle te rappelle, tu vas lui dire quoi ?

— T'occupe ! Ce n'est pas de tes affaires. On se voit demain avant l'audition.

Cédric quitta rapidement le salon, puis sortit de la maison, sa planche à roulettes sous le bras, laissant Robin seul, pantois. Odile, qui avait suivi la conversation du couloir, entra aussitôt dans la pièce.

— Je t'avais bien dit qu'il ne te donnerait aucune explication…

— Il n'était pas comme ça avant, conclut Robin en se tournant vers elle.

— Il vieillit, tout comme nous. En observant mes amies et mon frère, je réalise de plus en plus qu'avec le temps on a tendance à devenir plus secret. On se confie moins. Je ne sais pas trop pourquoi, mais on dirait que c'est inévitable.

— Peut-être a-t-on peur d'être jugé. Les choix qu'on fait ont plus de répercussions aujourd'hui que lorsqu'on était plus jeune. Ça n'a aucune conséquence sur notre entourage quand on décide de la couleur d'un ballon, de la saveur d'une glace ou de la personne avec qui on veut jouer… Mais lorsqu'on vieillit, nos choix peuvent avoir des conséquences directes sur nos proches.

— La peur d'être jugé, hein ?

— Exactement ! Non seulement ça, mais il y a aussi nos désirs propres. Mon père nous dirait que c'est notre personnalité qui se forge et notre être qui s'éveille au monde.

Après un instant de silence, Robin ajouta en souriant :

— Il n'est pas japonais pour rien, tu sais. À ses yeux, tout est toujours rattaché à un principe fondamental lié à l'évolution de la vie. Et nous faisons partie de cette évolution, qu'on le veuille ou non.

— *Wow*, quelle sagesse ! Tu parles comme nos vieux, conclut Odile en éclatant de rire. N'empêche, ça ferait un sacré beau thème pour une future chanson : La peur d'être jugé versus le besoin de laisser s'affirmer l'être qui s'éveille en chacun de nous et qui hurle le besoin de s'exprimer. Écoute… J'entends un gong !

Odile rigolait de bon cœur, tandis que Robin tentait de se retenir en affichant un air faussement outré.

— Ouais ! tu es aussi très moqueuse… Aucun respect pour la sagesse, lui lança-t-il en haussant les épaules. Attends que je dise ça à mon père !

Odile et Robin riaient avec insouciance, heureux des banalités qu'ils échangeaient librement, sans appréhension.

— Viens ici, dit Robin en l'attirant vers lui. En fait, tu es un bien meilleur thème, lui lança-t-il avant de l'embrasser tendrement, un sourire gourmand s'esquissant sur ses lèvres.

Chapitre 3

Ils étaient tous arrivés tôt, avec une bonne heure d'avance, et s'étaient réunis à l'écart pour mieux se préparer. Stéphanie était toujours aussi radieuse et très jolie. Thomas ne cessait de la regarder : jamais encore il ne l'avait vue ainsi maquillée, coiffée et vêtue. La jeune guitariste s'était toujours présentée aux répétitions affublée d'un simple jeans, la plupart du temps troué, et d'un t-shirt défraîchi. Cette fois, elle portait un jeans noir dont les jambes étaient ornées de délicates broderies de fleurs rouges et roses, et une chemise cintrée, également noire, dont les manches se terminaient par de larges godets. Ses longs cheveux roux tombaient en cascade dans son dos, et elle portait un léger maquillage qui rehaussait tout l'éclat et la beauté de ses yeux verts. Pour l'occasion, la jeune guitariste avait même chaussé des bottes à talons hauts, en cuir noir. Ainsi vêtue, elle affichait un *look* plus rockeur, ce qui lui allait très bien.

Thomas ne cessait de la regarder et de la complimenter, totalement subjugué par sa personne, lorsque Cédric, excédé, lui lança avec un air bête :

— Bon, OK, elle a compris. On a tous compris. Si vous voulez sortir ensemble, faites-le, mais lâchez-nous avec vos minauderies. On se croirait dans une soirée rencontre. Ça commence à être barbant ! On n'est pas ici pour ça.

Stéphanie lui décocha un regard plein de hargne et de non-dit. Elle fulminait. Thomas dut faire de grands efforts pour ne pas s'élancer sur Cédric et lui mettre son poing sur la figure. Il exagérait, et sa méchanceté envers Stéphanie commençait réellement à exaspérer le groupe, principalement le batteur. Cédric sentit bien la tension qu'il venait de générer, il décida de retourner à la voiture où son père attendait toujours. Ils entreraient dans la salle dès que leur tour viendrait. Odile s'approcha de Robin pour lui souhaiter bonne chance en l'embrassant, puis lui demanda dans le creux de l'oreille :

— Sais-tu comment il s'y est pris pour convaincre Stéph d'être là ce matin ?

— Je n'en ai aucune idée. Je n'ai pas eu le temps de lui parler. Faudrait lui demander, conclut-il avec un clin d'œil.

Odile le regarda en haussant les sourcils, l'air quelque peu terrorisé.

— Pas à Cédric, t'es fou ! En plus, il ne dirait rien, mais Stéph, elle nous fournira les explications sans se faire prier. Bien que là, j'ai des doutes…

Au même instant, la jeune guitariste s'approcha d'eux, un charmant sourire de nouveau accroché aux lèvres, comme si rien ne venait de se passer. Robin se fit la réflexion qu'il avait rarement vu sa cousine de mauvaise humeur et qu'elle n'était visiblement pas rancunière. Elle avait toujours fait preuve de beaucoup d'amabilité envers les autres. C'était une grande qualité, pensa-t-il, même s'il lui serait parfois peut-être profitable d'être moins conciliante, surtout lorsqu'un type comme Cédric se montrait si grossier.

— J'ai appris entre les branches que vous étiez ensemble ! C'est vraiment *cool* ! Je suis bien contente pour vous deux. C'est cucul ce que je vais dire, mais c'est vrai, je le pense vraiment, vous allez bien ensemble ! Comme ma mère dirait : « Vous faites un beau p'tit couple ! »

Odile la remercia en riant, avant de lui prendre la main pour qu'elle se rapproche un peu plus d'eux, lui signifiant ainsi qu'elle voulait lui parler avec plus de discrétion. Lorsqu'elle fut certaine que son frère ne pouvait les entendre, elle lui posa enfin la question qui chicotait tout le monde :

— Qu'est-ce que Cédric t'a dit pour te convaincre de venir ce matin ?

Stéphanie, qui affichait toujours son magnifique sourire, devint soudain plus grave. Elle attendit un instant avant de répondre.

— Rien, il m'a juste demandé d'être là…

— Comment ? Il ne s'est pas excusé ? demanda Odile sur un ton outré.

— Non. Il m'a simplement dit que je devais être présente pour l'audition et que je ne devais pas m'en faire avec ses sautes d'humeur. Que j'étais une excellente guitariste et que ma place était ici avec vous, ce matin. C'est tout !

Robin lança d'un air railleur :

— Mon Dieu, c'est plus que je ne l'avais imaginé !

— Tu trouves ? rétorqua Odile.

— Que veux-tu qu'il lui dise de plus ? Tout est là, non ?

— Il aurait pu s'excuser. Des excuses, ça n'a jamais tué personne.

— Ben voyons ! C'est ce que vous pensez, vous, les filles, mais pour nous, c'est une tout autre histoire ! Vous croyez toujours que nous allons nous perdre en excuses et en explications, et c'est là votre erreur et votre malheur. Vous attendez toujours qu'on réagisse comme vous, mais nous ne sommes pas des filles, nos façons de procéder et de voir les choses ne sont pas les mêmes. Dans les faits, pas besoin d'utiliser énormément de mots pour donner tout un flot d'explications. Le principal a été dit. Il l'a trouvée bonne, et elle a sa place dans le groupe. C'est tout, c'est l'essentiel, et c'est la seule chose qui compte. Cédric lui a avoué qu'elle était bonne, ça signifie également qu'il est navré et qu'il souhaite qu'elle reste ! Que veux-tu rajouter de plus ? Tout a été dit.

Odile haussa les épaules ne sachant trop quoi en penser, tandis que Stéphanie acquiesçait pensivement.

— Donc, d'après toi, je ne dois m'attendre à rien de plus ? demanda-t-elle enfin.

— Non. Il t'en a déjà dit plus que nécessaire. Crois-moi.

Au même instant, Cédric interpella Robin pour qu'il vienne les aider à descendre le matériel de la Subaru Forester de son père. Ils avaient décidé d'apporter leurs propres instruments de musique pour passer l'audition, bien que l'école mît à la disposition des musiciens tous les instruments nécessaires. Stéphanie et Odile les regardèrent un moment sans rien dire.

— Tu comprends quelque chose, toi, aux garçons ? demanda enfin Odile.

— Non ! et honnêtement, je ne cherche pas à le faire. Trop compliqué !

— Ouais, et le pire, c'est qu'ils disent la même chose de nous, conclut Odile d'un ton moqueur.

Ils avaient quinze minutes, pas une de plus, avait précisé l'adjointe de la responsable du festival, pour installer leurs équipements sur la scène. C'était peu, mais ils utilisèrent ce court laps de temps avec efficacité et organisation. Ils accordèrent leurs instruments, firent quelques tests de son et de voix. Ils étaient prêts. La tension des derniers jours semblait n'avoir jamais existé, et il se dégageait du groupe une certaine harmonie alliée à une grande complicité. Pour quiconque se trouvait dans la salle, les Isotopes formaient un groupe uni et le resterait encore longtemps. Personne ne pouvait soupçonner que, la veille, cette solide amitié avait été fortement ébranlée et qu'elle demeurait encore fragile.

Il leur restait à peine quelques minutes avant de commencer, chacun ressentait une grande nervosité. Ils connaissaient parfaitement leur répertoire, principalement constitué de chansons et de musiques qu'ils avaient composées, et auxquelles ils avaient ajouté quelques classiques correspondant à leur genre musical. Mais ce matin, pour cette audition, ils avaient décidé de présenter trois courts extraits de deux morceaux connus et d'une de leurs compositions.

D'un coin de la salle, la responsable du déroulement des auditions de la journée leur fit signe qu'il était temps de commencer. Thomas jeta un regard à ses camarades pour leur faire comprendre qu'il allait donner le signal de départ et, d'un geste décidé, il fit entendre trois fois ses baguettes de bois de rose, qu'il cogna ensemble. Dans un même mouvement, Robin, Stéphanie et Cédric entamèrent la première chanson. L'auditorium abritait peu de monde, tout au plus une quinzaine de personnes qui assistaient à la sélection des groupes qui participeraient cette année au festival *Faire une scène*. Le jury se composait de cinq membres : le directeur du cinquième secondaire, M. Michel Dagenais, la personne responsable du festival, Mme Paule Goldstyn, son assistante, Annie Leduc, et deux étudiants, Karina Luo et Ludo Detoudom, choisis au hasard pour représenter l'ensemble des étudiants de ce niveau. Les autres personnes présentes étaient quelques curieux, ainsi que le père de Cédric, Richard Langevin, et sa fille Odile, qui n'avait d'yeux que pour son bassiste. L'audition se déroulait dans l'auditorium situé au sous-sol de l'école, qui offrait une excellente acoustique depuis sa récente réfection.

L'audition dura à peine dix minutes. Dix longues minutes pour Richard Langevin, qui était tout aussi nerveux que son fils et les autres membres des Isotopes. C'était la première fois que les jeunes participaient à une audition, et M. Langevin les trouva fort bons. Bien que le genre musical du groupe ne correspondît pas tout à fait à ses goûts, il dut admettre qu'ils avaient tous beaucoup de talent, et plus particulièrement le chanteur ! La voix du directeur le ramena à la réalité, ce qui l'irrita quelque peu.

— Très bien, nous vous remercions. Nous devons délibérer, mais vous aurez une réponse dans les prochains jours. Je dois vous dire que, cette année, vous êtes plusieurs à passer les auditions et que le choix ne sera pas facile, car vous tous très bons. Nous allons donc en parler entre nous et choisir en fonction des besoins du festival. Seulement deux groupes seront retenus. Merci.

Tous les membres du jury se levèrent et quittèrent la salle sans attendre de réponse. Déjà, les membres des Isotopes remballaient leurs instruments et leurs accessoires. Richard et Odile se dirigèrent vers eux, très excités.

— Vous étiez vraiment bons, lança Richard, tout content. Bon, OK, je n'y connais pas grand-chose dans ce genre de musique, mais ça m'a semblé très bon.

— Merci, monsieur Langevin, lança Stéphanie, son perpétuel sourire accroché à ses charmantes lèvres couleur bonbon. J'espère qu'ils penseront comme vous, conclut-elle d'un coup de menton en direction de la porte par laquelle venaient de passer les jurés.

Cédric lui jeta un regard, ouvrit la bouche pour lui lancer une platitude, mais se retint. Robin le regardait avec sévérité. Il n'avait pas envie, du moins pas maintenant, de relancer la chicane. Il ne souhaitait qu'une seule chose : rentrer chez lui et attendre, assis à côté du téléphone, la décision du jury.

— OK, la *gang*, on se rejoint chez moi à dix-huit heures précises. Il ne doit se douter de rien. J'espère que personne n'a ouvert sa grande trappe, lança Robin avec un demi-sourire.

Tous les cinq étaient revenus chez les Langevin, où ils venaient de ranger leurs instruments au sous-sol. Une fois l'audition terminée, la tension s'était relâchée dans le groupe, et c'est avec bonne humeur qu'ils avaient décidé de disposer du reste de la journée. D'ailleurs, ils avaient d'autres occupations prévues, même si Cédric leur répétait sans cesse qu'il ne souhaitait pas sortir de chez lui. Robin lui avait maintes fois rappelé avec une grande patience que les répondeurs téléphoniques servaient à laisser des messages aux absents et que, si la responsable du festival appelait, elle en laisserait un de toute évidence. Et qu'en outre, son père restant à la maison pour travailler, si elle venait à se manifester, il l'appellerait aussitôt sur son portable pour le prévenir. Rester près du téléphone à attendre n'était pas la meilleure idée, d'autant qu'il était peu probable qu'ils apprennent aujourd'hui le choix du jury. Il lui assura que la soirée qu'ils avaient prévue depuis quelque temps l'aiderait à patienter. Cédric haussa les épaules et bougonna quelque chose d'incompréhensible, avant de s'acharner sur les ongles de sa main gauche.

— J'ai tout ce qu'il faut pour la soirée, en bouffe et en boisson, poursuivit Robin. Il ne manque que le gâteau que, vous, les filles, devez aller chercher. Il est déjà payé grâce à la petite collecte que nous avons faite. Mes parents nous laissent la maison jusqu'aux alentours de vingt-trois heures. Presque tout le monde a confirmé sa présence. J'ai fixé rendez-vous à Charles-Étienne à dix-huit heures trente, ça nous laisse une demi-heure de jeu avant son arrivée. Je crois que c'est suffisant si tout le monde est à l'heure et fait ce qu'il a à faire. C'est beau ?

— OK, confirma Odile, je pars chercher le gâteau avec Stéph. On se retrouve chez toi, conclut-elle en l'embrassant sur la joue.

Ils étaient nombreux, une bonne trentaine, à s'entasser dans le petit jardin de la résidence des Ikeda. La maison, moins imposante que celle des Langevin, ne manquait cependant pas de cachet avec son jardin anglais qui s'épanouissait dès les premiers jours de mai. Robin était parvenu à réunir tous ceux et celles qui étaient amis avec l'ancien guitariste des Isotopes, et bien entendu Charles-Étienne n'était pas au courant de cette petite fête organisée en son honneur. L'annonce de son départ pour l'Angleterre en avait attristé plusieurs, mais c'est dans la gaieté qu'ils avaient choisi de célébrer l'événement. Après tout, il ne partait pas pour toujours, il reviendrait.

Robin constatait en les regardant tous que celui qu'ils surnommaient affectueusement « Page » était manifestement très apprécié. Il est vrai que ce géant de dix-sept ans – il mesurait déjà un mètre quatre-vingt-trois – était un amour. Toujours de bonne humeur, charmant avec tous, ne disant jamais un mot plus haut que l'autre, serviable et attentionné avec ceux qu'il aimait, Charles-Étienne attirait les gens, comme le miel les mouches !

Il faisait partie de la bande des quatre depuis toujours. Les Isotopes, composés depuis leurs débuts de Cédric, Thomas, Robin et Charles-Étienne, se connaissaient depuis l'école primaire, et Thomas et Charles-Étienne, depuis la maternelle. Ils avaient, depuis leur prime enfance, toujours vécu dans le même quartier et c'était, leur semblait-il, un lien qui ne mourrait jamais. Il y avait souvent eu des disputes et des conflits, plus particulièrement depuis qu'ils avaient atteint l'adolescence, et c'était normal, mais ils s'étaient toujours retrouvés avec joie et sans rancune.

Ils n'en avaient pas parlé entre eux, mais le départ de leur ami pour l'Angleterre les bouleversait tous. Pour la première fois depuis des années, ils ne seraient plus que trois, et cette nouvelle réalité les laissait songeurs. Bien que Stéphanie ait pris la place de Charles-Étienne au sein du groupe, elle n'occuperait jamais celle que prenait son amitié. Une fille, quelle qu'elle soit, ne pouvait occuper l'espace d'un gars, c'était impossible, même si c'était un parfait garçon manqué. Stéphanie était *cool*, sympathique, et possédait de nombreuses qualités qui se rapprochaient de celles de Charles-Étienne, mais elle n'était pas lui, et la jeune guitariste n'avait d'ailleurs pas l'ambition de le remplacer. Elle comprenait son rôle dans les Isotopes et ne chercherait jamais à prendre la place de leur ami. Ce n'était pas son but. Elle ressentait pleinement le vide que laissait le garçon chez ses copains et, pour cette raison, elle ne l'en appréciait que davantage. Charles-Étienne faisait partie de ces gens qui laissent leur empreinte sur les autres. C'était un bon garçon, celui dont toutes les mères rêvent pour leur fille !

Robin lança le signal convenu, avisant les jeunes entassés dans son jardin que le principal intéressé venait d'arriver à la porte. Un grand silence se fit aussitôt dans la cour arrière et chacun tendit l'oreille avec excitation. Lorsque la porte patio s'ouvrit sur Charles-Étienne, un retentissant « Surprise ! » se fit entendre, provoquant un sursaut chez le fêté. Il regarda un moment la scène et fit de grands efforts pour contenir son trouble. Il comprit cependant qu'il ne pourrait retenir ses larmes bien longtemps, puisque cette fête s'annonçait déjà riche en émotions. Charles-Étienne était un grand sentimental, et l'idée de partir, de quitter son quartier et ses amis, avait déjà provoqué chez lui de grandes bouffées de mélancolie. Depuis cette annonce, le guitariste se sentait différent : il regardait les choses et les gens autour de lui d'un œil nouveau, comme lorsqu'on sait qu'un rien peut changer le cours de notre vie. Il descendit avec enthousiasme les quelques marches qui le séparaient de ses copains et de ses amies, tout en tentant de ravaler un sanglot qui depuis trop longtemps cherchait à sortir. Plusieurs filles pleuraient déjà, et c'est vers elles que l'imposant jeune homme se dirigea en premier. Un sourire se dessinait sur ses lèvres, l'attitude du chevalier servant lui avait toujours procuré beaucoup de succès auprès des demoiselles en détresse, et c'est fort de cette certitude qu'il s'empressait de les consoler.

Chapitre 4

C'était vraiment bien. Charles-Étienne était réellement surpris et visiblement ému, dit Odile à Robin qui la raccompagnait chez elle, à quelques rues de là.

— Ouais ! En tout cas, il ne s'y attendait vraiment pas. On l'a bien eu ! T'as vu sa tête quand il est arrivé dans le jardin ?

— Ça valait un million ! confirma la jeune fille. J'ai toujours beaucoup aimé ce garçon, c'est presque un frère pour moi... En tout cas, il a meilleur caractère que le mien !

Un court silence s'installa entre eux. Odile avait très envie de questionner son amoureux sur ce qu'il ressentait face au départ de son ami, mais elle n'osait pas le faire. Elle chercha un moyen détourné de lui en parler.

— Pensais-tu qu'un jour ça finirait comme ça entre vous ?

Robin la regarda en fronçant les sourcils.

— Je ne comprends pas ! Que veux-tu dire par : « Ça finirait comme ça entre vous » ? De qui parles-tu ?

— Eh bien, de toi, de la bande des quatre et de Charles-Étienne, de cette séparation après de si longues années d'amitié.

— Quoi ? Tu veux savoir ce que ça me fait, c'est ça ?

— Ben oui, conclut-elle en lui faisant un signe pour indiquer l'évidence de la question.

Robin prit la main d'Odile alors qu'ils traversaient la rue. Elle adorait que son amoureux se montre aussi prévenant à son égard. Robin était un vrai gentleman, elle l'avait toujours su, c'était une des principales qualités du jeune homme. La voix de son amoureux la ramena à la réalité.

— Pour être franc, je suis vraiment triste de le voir partir. Je ressens un grand vide lorsque j'y pense, mais j'ai toujours su qu'un jour nous nous séparerions. C'est une chose inévitable. Nous ne resterons pas éternellement ensemble, la bande des quatre, malgré notre amitié qui remonte à loin.

— Évidemment !

Odile se tut, elle ne souhaitait pas brusquer Robin avec les mille et une questions qui lui brûlaient les lèvres. Elle savait par expérience, et grâce à son cher frère, qu'on ne doit jamais forcer un garçon à répondre, sans quoi il se ferme comme une huître. Elle devait attendre qu'il se décide lui-même à lui faire part de ses sentiments, et si cela ne se produisait pas, c'est qu'il n'en ressentait pas le besoin. Elle devait le respecter malgré toutes les difficultés que cela impliquait.

— Je sais une chose par rapport à notre amitié, reprit Robin, à la grande joie de sa copine, c'est que, inévitablement, le temps et la vie nous sépareront. Mais je suis également persuadé que nous continuerons à nous voir, peut-être pas aussi régulièrement, c'est sûr, peut-être seulement une fois par année, mais je suis convaincu que nous demeurerons amis toute notre vie. Peut-être est-ce utopique de penser ainsi, mais j'y crois.

Robin replongea dans le silence, et cette fois-ci, Odile était persuadée qu'il n'ajouterait plus rien. Il avait dit tout ce qu'il avait à dire. Odile décida donc de changer de sujet et de lui confier, à son tour, quelque chose de personnel. Quelque chose qu'elle n'avait encore jamais dévoilé à personne, non pas que ce secret soit inexprimable, mais plutôt par timidité. Lui en faire part, c'était comme faire un échange de bons procédés, pensa-t-elle. Il venait de se dévoiler, à présent c'était à son tour. Elle souhaitait aussi lui faire comprendre qu'elle ne le mettrait pas au supplice plus longtemps avec ses questions de filles, qu'elle n'était pas ce genre-là.

— Je vais te confier un rêve que j'ai depuis longtemps… Sais-tu ce que j'aimerais faire ? commença-t-elle.

— Non, répondit-il soudain très intéressé et visiblement soulagé de changer de sujet.

Odile hésita un instant, tandis que Robin lui serrait la main pour l'encourager à continuer à parler.

— J'aimerais chanter dans un groupe…

Robin s'arrêta de marcher et se tourna vers elle, surpris.

— Tu aimerais faire partie d'un groupe ? Chanter ?

— Oui !

— Quel genre de groupe ?

Odile se remit à marcher. Ils étaient presque arrivés chez elle. Encore quelques maisons à dépasser, et ils y seraient.

— Comme les Isotopes, j'aime bien le rock alternatif.

Robin ralentit de nouveau le pas, la regarda une seconde, légèrement étonné. Pas un instant il ne s'était douté qu'Odile puisse s'intéresser à la chanson. Elle ne l'avait jamais mentionné et n'avait même jamais démontré d'intérêt pour chanter. Bien sûr, elle était toujours présente aux répétitions et à toutes les rencontres des Isotopes, mais il ne s'était jamais figuré qu'elle voulait faire partie du groupe. Robin avait toujours considéré Odile comme le cinquième élément de la bande des quatre, un peu à l'image des trois Mousquetaires qui étaient quatre en réalité.

— En as-tu déjà parlé à Cédric ? Tu pourrais chanter avec nous. Ça serait *cool*, deux chanteurs, un gars et une fille, et jumeaux en plus.

— Cédric ne voudra jamais… Regarde tout le grabuge que ça a fait avec l'arrivée de Stéphanie. Un vrai misogyne !

— Non, je ne crois pas que Cédric soit misogyne, ni qu'il en veuille particulièrement aux femmes. Bien au contraire, je crois qu'il les aime beaucoup. Mais c'est évident qu'il nous cache quelque chose à leur propos. Et j'aimerais bien savoir quoi. Il n'était pas comme ça avant.

— Tu m'as dit la même chose hier… Mais avant quoi ?

— Je ne sais pas trop exactement… Avant les derniers mois qui viennent de passer. La dernière blonde qu'il a eue, c'était y a plusieurs mois, tu te souviens, elle s'appelait Audrey.

Odile fit non de la tête avant de répondre :

— Je ne me rappelle pas, il n'est jamais sorti avec une fille assez longtemps pour que je m'en souvienne.

Robin la regardait, en ayant l'air de penser qu'elle exagérait.

— Je te jure que c'est vrai, reprit Odile, je n'arrive pas à me souvenir des amies de Cédric. La plupart du temps, elles ne mettent jamais les pieds à la maison. Je sais qu'il a une blonde parce que je le croise à l'école avec une fille qui lui tient la main, ou parce que je reconnais pour une troisième fois sa voix au téléphone et que je commence à supposer qu'il a une copine, mais sinon, rien. Il est très discret sur ses relations disons perso.

— Bon, c'est vrai que ses relations ont toujours été de courte durée et qu'il ne les étale pas sur la place publique. Même avec nous, il est discret. Il nous parle très rarement de ses histoires de cœur.

Ils étaient arrivés devant chez elle ; sans même se consulter, ils se dirigèrent vers l'arrière de la demeure, là où, quelques jours auparavant, ils avaient découvert leurs sentiments communs. Ils s'assirent et s'enlacèrent avant que Robin ne poursuive.

— À bien y penser, Cédric agit différemment avec les filles depuis que vos parents ont divorcé. Il est plus dur avec elles, plus... Je ne sais pas trop. Plus agressif.

— Tu crois ?

— Je n'en suis pas certain, poursuivit Robin, mais ça me semble coïncider dans le temps, non ?

— Peut-être...

Odile demeura silencieuse, songeant à ce que venait de dire Robin.

— Tu crois qu'il est malheureux ? demanda-t-elle d'une voix émue.

Robin la serra un peu plus dans ses bras, conscient du trouble que la situation de son jumeau faisait naître chez elle.

— Je ne sais pas, ma petite fleur, mais son comportement me pousse à croire que ton frère a de gros soucis…

Cela faisait maintenant deux jours que les Isotopes avaient passé leur audition. L'attente s'apparentait à un calvaire pour Cédric qui se montrait plus agressif qu'à l'habitude. De son côté, Odile était plus préoccupée par les agissements de son frère que par les résultats du concours. De toute façon, elle en était persuadée, ils l'avaient remporté.

Ils étaient tous les deux attablés avec leur père dans la somptueuse cuisine, digne d'un magazine de décoration, de la demeure familiale. C'était le matin, et ils se préparaient à commencer leur journée. Odile se décida enfin à interroger Cédric sur la question qui la turlupinait.

— Dis-moi, Cédric, pourquoi es-tu si dur avec Stéph ?

Richard Langevin jeta sur son fils un regard de père, visiblement très intéressé par la réponse qu'il s'apprêtait à faire. Lui aussi avait remarqué l'agressivité de son aîné, qui était né seize minutes avant sa jumelle, comme il aimait l'appeler. Il n'avait pas osé aborder la question, sachant très bien qu'il n'aurait jamais obtenu de réponse. Peut-être Odile aurait-elle plus de chance.

Cédric chipotait le contenu de son bol de céréales du bout de sa petite cuillère. Il se leva pour aller le déposer dans l'évier, puis revint vers sa sœur et lui dit avec brusquerie :

— Je ne vois pas de quoi tu parles ! Et puis, est-ce que je me mêle de tes affaires, moi ?

Odile plongea ses yeux noisette dans ce regard si semblable au sien, tentant ainsi de faire comprendre à son jumeau qu'elle n'était pas son ennemie, mais sa sœur, sa jumelle, son double. Elle lut beaucoup de tristesse dans les yeux de son frère, et ses propres yeux se brouillèrent. Le père assistait à la scène, tout en se disant que si sa fille n'obtenait pas de réponse, c'était que la situation était plus grave qu'il ne le pensait. Odile posa sa main sur celle de son frère, toujours debout devant elle.

— Je ne cherche qu'à t'aider…

Cédric retira aussitôt sa main.

— Je n'ai rien, mais qu'est-ce que vous avez tous à vouloir m'aider ? Je suis tout simplement nerveux, je veux remporter le concours. Tu comprends ça ? Peut-être que pour certains ça a moins d'importance, mais moi, j'attends beaucoup de cette audition.

Puis il tourna les talons et quitta la cuisine sous les regards désolés de son père et de sa sœur.

Richard attendit un moment que son fils se soit éloigné avant de demander à Odile :

— Je t'écoute. Que se passe-t-il avec cette fille ?

— Je ne peux pas t'en dire plus, nous n'en savons rien. Seulement, lorsqu'elle est là, il n'est plus le même. Il devient très agressif à son égard, alors qu'elle fait tout pour être agréable. Stéph est vraiment une chouette fille, et en plus c'est une très bonne guitariste. Je ne comprends pas la réaction de Cédric. On dirait que depuis quelques mois… depuis le divorce… il a changé.

Richard avait écouté sa fille avec grand intérêt ; il avait lui aussi observé des changements chez son aîné depuis sa séparation d'avec leur mère. Dans un premier temps, il s'était imaginé qu'il était normal de réagir ainsi face à une telle situation. Mais, depuis, il s'était bien rendu compte que l'agressivité de Cédric à l'égard des filles, sa mauvaise humeur et son impatience n'avaient cessé de croître. Cédric était un adolescent de seize ans, et on n'aborde pas un garçon ou une jeune fille de cet âge aussi facilement que lorsqu'ils sont enfants. Richard avait donc décidé de se montrer présent et attentif, préférant même travailler à la maison lorsque c'était possible, plutôt que de passer de longues heures à l'extérieur. Il était pleinement conscient qu'il devait aider ses enfants à traverser cette histoire de divorce, que lui-même vivait assez difficilement.

Il avait d'abord cru que sa simple présence auprès d'eux serait suffisante pour les rassurer, mais il s'était rapidement aperçu que ce n'était pas assez. Il en avait dès lors conclu qu'un divorce est une des choses les plus difficiles à vivre pour des adolescents. Certains passaient mieux le cap que d'autres, mais, en définitive, ils étaient profondément marqués par l'événement. Il se demanda s'il devait agir et comment. Ne devrait-il pas aller trouver son fils et aborder tout bonnement le sujet ?

— Devrais-je lui parler ? demanda-t-il enfin à Odile qui terminait silencieusement son petit-déjeuner.

Elle le regarda, étonnée. Cette question mettait clairement en évidence les doutes de son père. Richard Langevin n'était pas quelqu'un qui demandait facilement conseil.

— On n'a rien à perdre à essayer ! répondit-elle.

— Tu as raison !

À cet instant, la sonnerie du téléphone se fit entendre. Richard se leva pour répondre, tandis que Cédric déboulait déjà dans la cuisine, visiblement nerveux.

— C'est pour toi… lança Richard, en lui tendant le combiné.

Cédric prit l'appareil et leur tourna le dos pour mieux s'isoler.

— Oui ?

Plus aucune parole ne fut échangée et un lourd silence s'installa : le garçon ne faisait qu'écouter, en se contentant d'émettre quelques onomatopées non interprétables et de hocher la tête dans le vide. Ces quelques secondes étaient interminables pour sa famille. Cédric raccrocha enfin le téléphone, puis se tourna vers eux. Ils étaient très impatients de connaître enfin le résultat de cette fameuse audition. Cela faisait deux jours que tout le monde attendait nerveusement le verdict. Odile avança d'un pas vers son frère, qui avait un air terriblement sérieux.

— Et puis ? Qu'ont-ils dit ? finit-elle par demander d'une voix angoissée.

Cédric la regarda, elle, puis son père, avant de la prendre aussitôt après dans ses bras et de la faire danser sur place, en hurlant :

— ON L'A... NOUS AVONS ÉTÉ CHOISIS !

Pour célébrer l'événement, Richard Langevin avait, à la grande joie de tous, décidé d'inviter le soir même tout le groupe au restaurant. Il avait choisi un restaurant japonais, le *Kyouen'* (« festin » en japonais), dont les sushis avaient fait la renommée. Robin connaissait parfaitement l'endroit qui appartenait à un ami de son père.

Ils étaient tous assis sur des tatamis devant une table basse en bois rouge sang et joliment décorée. La décoration du restaurant était très épurée : des couleurs très neutres, rehaussées ici et là par des touches de bois foncé. Sur chaque table, il y avait une orchidée et deux petits lampions qui conféraient au lieu un grand calme, une atmosphère très zen. Probablement en raison de cette ambiance, les gens qui se retrouvaient chez *Kyouen'* pour manger parlaient en chuchotant. Pour accentuer cette atmosphère de recueillement, une douce musique de fond accompagnait les murmures. M. Langevin avait d'abord hésité à choisir ce restaurant, en raison même de cette ambiance très feutrée, mais Odile lui avait assuré que c'était un excellent choix et qu'il n'était pas nécessaire, même s'ils étaient jeunes, d'aller dans un endroit où il y avait du vacarme. Elle avait conclu en souriant que les jeunes aussi savaient apprécier la tranquillité d'un lieu… tant que ça ne devenait pas une habitude.

Pour souligner l'occasion, le père de Cédric et d'Odile avait commandé une bouteille de saké, et ils entamèrent cette agréable soirée en levant à leur réussite leur gobelet de porcelaine finement décorée. Cédric semblait réellement de bonne humeur et riait avec insouciance. Robin, Odile et Richard avaient à plusieurs reprises échangé quelques coups d'œil de satisfaction. Néanmoins, la jeune fille remarqua que son frère n'avait pas une seule fois regardé Stéphanie qui se trouvait assise juste à sa droite. Odile avait même constaté que Cédric avait le corps légèrement tourné et offrait ainsi en partie son dos à la guitariste. Stéphanie s'en rendait-elle compte ? Odile se promit de la questionner aussitôt que possible sur ce qu'elle ressentait face à cette marque de rejet évident.

Bien que le chanteur ignorât toute la soirée sa charmante voisine, l'ambiance fut tout de même à la fête et tous s'amusèrent gaiement. Avant de se séparer, alors qu'ils s'apprêtaient à rentrer chacun chez soi, ils convinrent d'une heure de rencontre pour le lendemain, afin de commencer les répétitions sans plus tarder. Maintenant qu'ils faisaient partie du spectacle, il leur fallait impressionner les spectateurs, avait conclu Thomas.

Odile avait donné rendez-vous à Stéphanie au café *Les Palabres*, rue Berri, à quelques rues de chez elle, à quatorze heures. Elle souhaitait s'entretenir de son frère avec la jeune guitariste avant le début des répétitions, lui avait-elle précisé au téléphone. Robin devait également se joindre à elles.

— *Hey*, salut ! lança la guitariste à Odile qui était déjà assise à une table près de l'entrée, devant une immense fenêtre encadrée de plantes.

— Salut ! Je viens tout juste d'arriver, dit-elle à Stéphanie en l'embrassant sur les deux joues. Robin devrait nous rejoindre sous peu.

— Parfait. Alors une petite rencontre à trois, hein ? plaisanta Stéphanie en lui décochant un clin d'œil. Devrais-je plutôt dire une petite réunion clandestine ?

— Ouais, on pourrait dire ça, et le sujet à débattre : Cédric !

— Tu m'en as glissé un mot au téléphone, mais je ne vois pas très bien pourquoi nous devons en parler. Ça me fout la migraine ! ajouta Stéphanie en se massant déjà les tempes.

— Oui, je te comprends, rétorqua Odile rieuse, moi aussi mon frère me donne des sacrés maux de tête et, imagine, moi je vis avec lui !

— *Outch !* Moi, je ne pourrais pas… Je mourrais à coup sûr, d'une surdose d'acétaminophène. Je t'admire ! lança la guitariste sur un ton qui se voulait moqueur.

Après quelques instants, Stéphanie, redevenue plus sérieuse, demanda :

— Alors, de quoi s'agit-il ?

— Nous allons y venir, Robin arrive justement, dit Odile en affichant son plus charmant sourire, l'œil pétillant.

Les deux amoureux s'embrassèrent tendrement sous l'œil quelque peu envieux de Stéphanie. Celle-ci détacha rapidement son regard du couple pour jeter un coup d'œil vers l'extérieur du bistrot, embarrassée, mais elle les apercevait tout de même dans le reflet de la grande vitre. La guitariste poussa un profond soupir.

— Salut, Stéph, lança Robin en déposant un baiser sur la joue de sa cousine. *Cool*, la soirée d'hier, hein ?

Stéphanie lui répondit par un sourire un peu triste, que Robin associa aussitôt à Cédric. Le garçon comprenait que Stéphanie souffrait beaucoup du comportement de Cédric. Il ne fallait pas être devin pour s'en rendre compte, c'était l'évidence même. Lui-même, Odile et Thomas éprouvaient un grand malaise à cause de cette situation. Sa cousine, malgré son entrain et sa constante joie de vivre, devait commencer à trouver la situation vraiment difficile. D'ailleurs, comme l'avait remarqué Robin, elle souriait moins et ses yeux, habituellement si pétillants, trahissaient davantage de tristesse.

— Alors, comment te sens-tu ce matin après cette superbe soirée ? lui demanda-t-il avec tendresse.

— Bien, bien, c'était vraiment génial.

Puis, elle ajouta :

— Ton père est vraiment *cool*… C'est chouette, ce restaurant. Tu le connaissais ?

— Oui, c'est un ami de mon père qui le tient. Nous y allons souvent. C'était vraiment bien, accorda le garçon.

— Bien, nous ne sommes pas là pour parler d'hier, hein ? poursuivit la guitariste.

— Justement… Oui et non, amorça Odile en quêtant du regard l'appui de son amoureux. En fait, nous souhaitions te parler de Cédric, de sa conduite envers toi et des raisons qui le poussent à agir ainsi…

— Eh bien, honnêtement, je ne vois pas ce que je pourrais vous dire. Je n'en ai aucune idée, je ne vois pas pourquoi il est aussi bête avec moi. Son regard est toujours rempli de haine à mon égard. Pourtant, je ne le connaissais pas avant les auditions, et je n'ai jamais eu de conflits avec lui depuis que je suis dans le groupe. Non, depuis les premières minutes de notre rencontre, il m'a prise en aversion. C'est à n'y rien comprendre parce que je m'efforce toujours d'être sympa avec lui. Pourtant, plus d'une fois, je me suis retenue pour ne pas l'envoyer se faire voir ! Et je reste polie ! Son attitude me blesse profondément, et je vois bien la tension qui règne au sein de l'équipe à cause de ça.

Stéphanie regarda tristement Odile, puis Robin, avant de poursuivre d'un ton las, mais résolu :

— J'ai donc décidé de quitter le groupe aussitôt que le spectacle sera donné. Je vais aller jusqu'au bout de mon entente avec les Isotopes, pour vous deux et pour Thomas, car je sais à quel point vous tenez à ce spectacle, mais sitôt qu'il est fini, dès que le rideau tombe, je pars. Je n'ai pas envie de subir les foudres de ton frère plus longtemps, je ne suis pas maso ! Et je ne vois pas très bien ce que j'ai à y gagner. C'était mon rêve de faire partie d'un groupe, mais pas dans de telles conditions. Je ne peux plus poursuivre l'aventure et, croyez-moi, j'en suis très malheureuse.

Stéphanie avait vidé son sac en une seule tirade, sans reprendre son souffle, comme si elle avait depuis trop longtemps retenu ses plaintes. Ses yeux se mouillèrent, et elle détourna son regard vert, rendu magnifique par son chagrin. Elle attendit quelques secondes avant de rajouter presque dans un murmure, la voix étranglée par l'émotion :

— Pourtant j'aime beaucoup Cédric… Je pense même que j'en suis très amoureuse !

Elle se mit alors à pleurer sans retenue. Odile lui prit la main, tandis que Stéphanie demeurait le regard tourné vers l'extérieur. Robin, lui, regardait sa cousine d'un air navré. Le mal que lui faisait Cédric était encore plus profond qu'il ne l'avait imaginé puisqu'elle était amoureuse de lui. Un long silence s'installa entre eux, qui ne fut interrompu que par l'arrivée du serveur, et l'orage et la pluie diluvienne qui, au même instant, venaient d'éclater dehors. De grosses gouttes d'eau s'écrasaient sur la vitre du petit bistro contre laquelle Stéphanie venait de plaquer son front brûlant.

Attablés devant ce qu'ils venaient de commander, ils perdirent l'heure qui suivit en bavardages futiles et en potins anodins. Odile et Robin jugeaient nécessaire de changer de sujet de conversation. Stéphanie avait perdu son magnifique et éternel sourire, et elle ne parlait presque plus, se contentant de faire semblant d'écouter ses amis, le regard absent.

Robin ne se rappelait pas la dernière fois qu'il l'avait vue aussi affligée. Il sentit monter en lui une profonde colère contre son ami d'enfance. Il ne saisissait pas encore très bien les émotions qu'il ressentait envers Cédric, mais il savait cependant que quelque chose avait changé. Quelque chose venait de se briser. Il ne comprenait plus son ami. « L'ai-je déjà compris ? » se demanda-t-il en regardant sa cousine.

Chapitre 5

Robin avait décidé de prendre les choses en main. À ses yeux, il était grand temps de tirer les choses au clair avec Cédric. D'un commun accord, Odile et lui avaient convenu qu'elle le préviendrait lorsque son frère serait seul à la maison.

Le jeune chanteur était en train d'étudier au bord de la piscine lorsqu'il vit le bassiste se diriger droit sur lui.

— Odile n'est pas là, elle est partie chez sa copine Jasmine, lança Cédric en tentant de saisir pourquoi Robin arrivait chez lui sans l'avoir averti.

— Ce n'est pas elle que je viens voir, mais toi. Nous devons discuter, c'est important.

Cédric se redressa sur ses coudes, regarda un instant son ami d'enfance et finit par s'asseoir.

— Houu ! Ça a l'air vraiment sérieux, ton truc… OK ! Je t'écoute…

— Je ne vais pas y aller par quatre chemins, Cédric, je veux te parler de ton attitude envers

Stéphanie. Nous pensons que tu n'agis pas correctement avec elle…

— Nous ? Qui ça, nous ?

— Toute la bande…

— Et vous parlez souvent de moi comme ça dans mon dos ?

Le ton de Cédric se voulait plus agressif. Robin ne souhaitait pas que la conversation dégénère. Il tenta donc d'être un peu plus diplomate. Pour faire retomber un peu la tension, il se dirigea vers l'îlot ombragé qui servait de coin-repas, prit une lourde chaise en teck qu'il avança près de Cédric.

— Je suis… Enfin, nous sommes inquiets pour toi. Tu n'es plus le même depuis quelques mois. Et si je suis ici, c'est pour comprendre ce qui t'arrive…

Cédric le dévisagea pendant de longues secondes, silencieux, tandis que Robin décelait dans son regard un profond trouble et une grande tristesse. Allait-il enfin se livrer à lui ? Allait-il dire ce qui le turlupinait ?

— Vous vous faites des idées. Je vais très bien et j'aimerais que vous me foutiez la paix avec vos conneries. Vous êtes tous devenus paranos ou quoi ?

— Non, non, non. Ne nous mets pas ça sur le dos. Sois honnête et regarde ton comportement à l'égard de Stéphanie…

— Encore elle ! Mais lâchez-moi avec cette fille. J'ai le droit de ne pas *triper* sur elle. Vous êtes tous en admiration devant elle, même Thomas bave quand elle est là. Moi, elle me laisse indifférent, je dirais même plus, complètement froid. Je ne la vois même pas. J'ai le droit, non ? Je ne vais pas faire semblant de m'intéresser à elle pour vous faire plaisir. Qu'est-ce que vous avez d'autre à me reprocher ?

— Ton agressivité, ton côté colérique et ton habitude à vouloir toujours nous commander, lança Robin, exaspéré par le détachement de Cédric et sa tendance à nier les évidences.

— C'est faux, c'est vous qui l'interprétez ainsi. Nous sommes un groupe, et j'en suis le chanteur. C'est normal que je *leade* un peu, mais je l'ai toujours fait et ça ne semblait pas vous déranger avant. Pour ce qui est des décisions, je tiens toujours compte de vos propositions et de vos remarques…

La patience légendaire de Robin commençait à faiblir. Il avait espéré que les choses se dérouleraient mieux que ça. Cédric niait les faits en bloc, et le bassiste décida de le prendre à son propre jeu.

— OK ! Alors, tu vas tenir compte de cette proposition-là : nous aimerions qu'Odile fasse partie du groupe.

— Quoi, c'est quoi encore, cette connerie ? Ma sœur ? Mais elle ne sait rien faire. Elle ne joue pas d'instrument et elle ne connaît rien à la musique ! Elle n'est bonne qu'à nous regarder…

— Tu es très insultant, Cédric, je dirais même irrespectueux… Tu ne sais pas que ta sœur rêve de chanter dans le groupe et qu'elle a une très belle voix ?

— Écoute, ce n'est pas parce que vous sortez ensemble que nous devons modifier nos arrangements. C'est ta blonde, OK ! Mais ça ne veut pas dire qu'elle doit faire partie des Isotopes. Pas de fille dans le groupe ! Déjà, il y a cette Stéphanie, c'est bien assez…

— Oh ! ne t'inquiète plus pour elle, elle va nous quitter sitôt le spectacle donné. Tu l'as tellement écœurée qu'elle ne souhaite pas rester avec nous après. Elle serait bien partie avant, mais étant donné que c'est une personne fiable et responsable, elle restera jusqu'au spectacle. Content ? Tu es arrivé à tes fins !

— C'est ce que tu penses de moi, hein ? Tu crois que j'ai du temps à perdre avec cette fille ? J'ai toujours trouvé que t'étais vraiment nul dans tes pseudo propos de psychanalyse à cinq cents. Maintenant, j'en ai la confirmation. Va-t'en de chez moi, j'en ai assez pour aujourd'hui. Et remarque bien que je reste poli pour quelqu'un de colérique qui pète les plombs !

Robin se leva, outré par la conduite de Cédric. Il le fixa un instant avant de conclure sèchement :

— Écoute, Cédric, tu peux m'oublier pour le spectacle. Je ne vois pas pourquoi j'irais perdre mon temps avec un gars comme toi. T'es vraiment con ! Mon seul regret, c'est d'avoir mis autant de temps avant de le découvrir.

Le bassiste tourna les talons et sortit de la cour sous l'air ahuri de son ancien ami.

Pendant un long moment, Cédric regarda fixement la direction qu'avait prise Robin, espérant le voir revenir sur ses pas, espérant quelque chose d'autre que cette fin stupide. Il demeurait interdit par ce dénouement inattendu. En quelques secondes, ils venaient de mettre fin à une amitié vieille d'une dizaine d'années. Mais que lui arrivait-il donc ? Il ne comprenait plus ce qui se passait en lui. En quelques jours seulement, il avait gâché ses relations avec tout le monde, et pourquoi donc ? Il n'en savait rien. Pourquoi l'arrivée de Stéphanie dans les parages avait-elle eu autant d'impact sur sa vie ? Le jeune chanteur demeura longtemps prostré à s'interroger sur ses agissements et sur les événements des derniers jours. L'ombre commençait à gagner le jardin lorsqu'il décida de rentrer. En passant par la cuisine, il jeta un coup d'œil sur le répondeur téléphonique. Le chiffre 0 clignotait. Aucun message, aucun appel. Le laissait-on tomber ? Thomas allait-il lui aussi suivre Robin dans sa décision. Probablement. Il décrocha le combiné du téléphone, commença à composer le numéro du batteur, mais s'arrêta.

« Je dois attendre. Si lui aussi décide d'abandonner, je le saurai bien assez tôt. Robin est certainement chez lui à l'heure qu'il est, et toute la bande doit être au courant de ce qui vient de se passer. J'ai tellement rêvé de faire le spectacle de fin d'année, j'y ai tellement cru, et voilà que tout s'effondre, que tout se désintègre sous mes yeux, par ma faute. Si Robin abandonne et que Thomas en fait autant, il ne restera que cette fille… Celle par qui tout a commencé ! »

Cédric replaça lentement le téléphone à sa place et se dirigea vers sa chambre. Il claqua la porte derrière lui, s'allongea tout habillé sur son lit et demeura ainsi jusque tard dans la nuit.

— Voilà, Odile, nous te proposons de prendre la place de ton frère dans le groupe. Je sais que ce n'est pas une situation facile pour toi mais, de toute évidence, Cédric ne souhaite pas voir les Isotopes évoluer. Nous nous passerons donc de lui, conclut Robin.

— Nous avons décidé de poursuivre sans lui et de donner tout de même le spectacle, poursuivit Thomas pour compléter les propos de Robin, qu'il jugeait un peu trop succincts. Au lieu de nous séparer comme nous l'avions envisagé au début, nous avons choisi d'exclure Cédric du groupe.

Après tout, c'est lui qui s'est placé dans cette position, et les Isotopes ne sont pas sa propriété. Il n'en est pas le chef, nous pouvons décider sans lui ! Tous les groupes de rock finissent un jour ou l'autre par perdre un de leurs membres à cause de mésententes. Nous ne sommes pas les premiers auxquels ça arrive, et nous ne serons pas les derniers, non plus. Les Isotopes, conclut-il en regardant chacun et en secouant la tête, survivront à cette tempête.

— Tu te sens l'âme mélodramatique ce soir, lança Robin pour le taquiner, en lui décochant un clin d'œil, ainsi que pour alléger quelque peu l'ambiance.

Odile dévisageait à tour de rôle Robin, Thomas et Stéphanie, le regard incertain et marqué d'une grande et soudaine tristesse.

— Je ne sais pas quoi dire. Exclure mon frère… Le groupe, c'est toute sa vie, le spectacle, il en rêve depuis la création des Isotopes. Je ne peux pas lui faire ça, c'est mon frère !

Robin la prit dans ses bras, tout en passant la main dans ses cheveux châtain blond, comme s'il voulait replacer ses quelques mèches indomptables. Il la contempla un instant, fixant ses yeux noirs dans le regard noisette de celle qu'il aimait. Il savait que cette proposition était lourde de conséquences, principalement pour elle. En demandant à Odile de devenir la chanteuse des Isotopes, ils étaient tous les trois pleinement conscients qu'ils lui demandaient aussi de faire abstraction des sentiments qu'elle éprouvait pour son frère. Mais ils devaient tous en passer par là. Ils comprenaient que c'était uniquement grâce à elle qu'ils parviendraient à garder le groupe uni et à faire ce qu'ils rêvaient tous : le spectacle du festival *Faire une scène*.

— Je sais que c'est difficile, et nous ne souhaitons pas faire pression sur toi. Ta position est fort délicate, nous en sommes tous les trois conscients. Mais nous pensons également que nous devons poursuivre l'aventure et faire ce fameux spectacle de fin d'année.

Robin lui parlait avec douceur, sans la brusquer ni lui imposer quoi que ce soit par le ton qu'il employait, afin de lui faire comprendre toute l'ampleur de la situation.

— Ce n'est pas parce que ton frère fait des siennes que nous devons tous en pâtir. Qu'il n'aime pas Stéphanie, c'est son droit, qu'il ne veuille pas de toi dans le groupe, aussi, mais malheureusement pour lui, le reste du groupe ne pense pas ainsi. Et nous formons la majorité. Cédric est seul avec ses choix, seul contre le reste du groupe. Nous en avons parlé entre nous avant de passer au vote, et la majorité l'a remporté, c'est ainsi. Maintenant, c'est à toi de décider de la suite des événements. Quel que soit ton choix, nous tenons à te dire que nous le respecterons et l'appuierons. Nous ne voulons pas que tu décides de prendre la place de ton frère uniquement pour nous, mais bien parce que tu juges toi aussi que c'est mieux ainsi.

Odile ouvrait de grands yeux apeurés. Elle se trouvait dans une situation épouvantable et se rendait compte de tous les contrecoups de la décision qu'ils lui demandaient de prendre.

— Je ne sais pas, j'ai besoin de réfléchir. Vous me placez dans une position vraiment inconfortable.

— Oui, je comprends, nous comprenons tous et nous en sommes désolés… Nous attendrons ta réponse.

— Et si je refuse ? lança-t-elle, la voix cassée par les émotions.

— Eh bien, malheureusement, le spectacle n'aura pas lieu. Mais je veux que tu prennes ta décision sans tenir compte de cette éventualité. Même si on ne fait pas le spectacle, ce n'est pas grave. Personne ne va en mourir, tu comprends. Ce n'est qu'un *show*. Il y aura d'autres occasions. D'accord ? Comme je te l'ai dit avant, nous respecterons ton choix, quel qu'il soit. Personne ici ne t'en voudra parce que nous comprenons ta position.

Odile acquiesça de la tête, tandis que Stéphanie s'approchait d'elle pour poser sa main sur son épaule, en signe d'amitié et de soutien.

Thomas avait proposé à Stéphanie de la raccompagner chez elle, ce que la jeune fille avait volontiers accepté. Ils avaient parlé des événements des derniers jours, du comportement inexplicable de Cédric, de la décision de Robin et du choix déchirant qu'Odile devait faire.

— Tu sais, Thomas, finit-elle par dire, je me sens un peu coupable de tout ce qui arrive…

Thomas s'arrêta et la regarda dans les yeux.

— Tu te sens coupable de quoi ? Je ne comprends pas…

— C'est depuis mon arrivée dans le groupe que tout s'est mis à capoter…

— Ah, non, non, non ! Tu n'y es pour rien, tenta-t-il de la rassurer en lui prenant la main, je veux que tu te sortes ça de la tête. Ça fait un bon bout de temps que cette tension règne entre nous, tu n'as rien à voir là-dedans. En fait, tu n'as été que l'élément déclencheur, rien de plus, nous serions arrivés à cette situation même sans toi. C'était une question de temps, tu peux me croire !

— Tu es gentil de chercher à me déculpabiliser… lui lança-t-elle avec un demi-sourire, le regard empreint de tristesse.

Depuis plusieurs jours maintenant, la jeune fille semblait déprimée. Elle qui auparavant était toujours tout sourire, elle offrait maintenant une mine tristounette à ses amis. Thomas la dévisagea un instant, avant de prendre son menton délicat de sa main droite. Il se pinça les lèvres un instant, marqua une hésitation, puis se décida à parler :

— Écoute, Stéphanie, je suis gentil, certes, mais je dois t'avouer que j'aimerais être plus que ça pour toi… Je crois que tu t'en es rendu compte, non ?

Stéphanie avait doucement dégagé son menton de la main robuste du garçon et, un peu confuse, regardait à présent ses pieds. Lorsque Thomas lui avait proposé de la raccompagner, elle avait pressenti qu'il lui ferait part de ses sentiments. Elle avait d'abord songé à refuser, précisément pour éviter la situation qu'elle appréhendait, car elle voyait bien depuis quelque temps que le batteur n'avait d'yeux que pour elle. Il aurait fallu être aveugle pour ne pas s'en apercevoir. Elle le trouvait particulièrement charmant et très touchant.

— Oui, effectivement, j'ai bien remarqué l'intérêt que tu as pour moi, et je dois t'avouer que je te trouve vraiment bien, tu es très sympathique…

— Mais tu ne n'aimes pas, c'est ça ? conclut Thomas en détournant le regard.

— Je n'irais pas jusque-là… Ce n'est pas aussi simple. Je ne sais pas trop comment t'expliquer, mais disons simplement que je pense à quelqu'un d'autre… Et ce ne serait pas correct de ne pas t'en faire part…

— Et ce quelqu'un d'autre, c'est sérieux ?

— À vrai dire, non. Pas du tout, même. Il ne m'aime pas. Je n'ai rien à espérer de cette histoire. Pour te dire la vérité, il n'y a aucune chance que nous sortions ensemble. Je ne sais même pas s'il me voit, s'il sait que j'existe !

Thomas ne put retenir le sourire qui apparaissait peu à peu sur ses lèvres charnues. Stéphanie, elle, le regardait, quelque peu agacée.

— Je suis navré pour toi, vraiment ! Mais honnêtement, je dois t'avouer que j'en suis heureux pour moi.

La jeune guitariste réprima elle aussi un sourire devant l'attitude audacieuse du garçon – attitude dont elle n'aurait pas cru capable ce grand timide. Il lui caressa la joue avant d'ajouter :

— Est-ce que je peux espérer dans ce cas…

Stéphanie plongea ses magnifiques yeux verts dans ceux du jeune homme, qui brillaient intensément malgré la pénombre. Pendant un instant, elle ne dit rien, se contentant simplement de le regarder, avant de se décider à l'embrasser sur la joue, tout en lui murmurant :

— Oui, je crois que nous pouvons tenter notre chance.

Thomas la prit aussitôt dans ses bras et l'embrassa avec fougue. Il avait bien des fois imaginé cette scène, mais jamais avec autant de satisfaction.

Ils s'étaient donné rendez-vous chez Odile. La jeune fille devait leur faire part de sa décision. Elle avait très peu dormi, tournant et retournant la question dans tous les sens. Pour y voir un peu plus clair, elle en avait même parlé à Richard, son père, quelques heures plus tôt.

— Hum, ton choix n'est pas facile et ta décision, quelle qu'elle soit, entraînera des conséquences pour toi et ton frère. Si tu acceptes leur proposition, tu te mettras Cédric à dos, et je me demande si le moment est opportun.

Richard plongea son regard dans celui de sa fille, avant de poursuivre :

— D'un autre côté, si vous n'êtes plus satisfaits et que son comportement nuit au bon fonctionnement du groupe, vous devez agir. Si c'est ce que tu souhaites, si ton épanouissement personnel dépend de ce choix, tu dois penser à toi. Cédric est très bizarre depuis quelque temps, et il ne devrait pas vous imposer ses opinions personnelles comme il le fait, car cela entraîne forcément des tensions dans le groupe. Si tout le groupe est d'accord pour que tu en fasses partie, ton frère devra l'accepter, puisque la majorité aura parlé.

Odile se taisait, incapable de dire quoi que ce soit. Son père poursuivit donc son *speech* :

— La question que tu dois te poser est la suivante : Est-ce que tu souhaites réellement agir comme lui, et lui imposer un choix ? Choix qui va assurément le jeter par terre. Ensuite, tu devras t'interroger sur ce que tu ressens face à cette décision. Oublie les Isotopes et concentre-toi uniquement sur ce que tu ressens. De toute évidence, le groupe est unanime pour exclure Cédric, et la décision est, semble-t-il, déjà prise. Mais je crois que Robin n'aurait peut-être pas dû agir comme il l'a fait en te plaçant ainsi devant cette alternative. Il aurait dû en parler lui-même à Cédric au nom du groupe et ensuite te proposer d'en devenir la chanteuse.

— Ce n'est pas moi qui vais l'annoncer à Cédric, mais probablement Robin, rétorqua Odile, un peu sur la défensive. En réalité, c'est ensemble que nous allons faire part à Cédric de notre décision. Mais, papa, je suis si malheureuse de ce qui va se passer...

Odile se mit à pleurer.

— C'est bien normal, Cédric n'est pas seulement ton frère, il est également ton jumeau, et ce lien vous unit bien plus profondément. Cédric va souffrir de ce rejet, et toi encore plus.

Richard s'approcha de sa fille pour la prendre dans ses bras, avant de conclure :

— C'est une réalité à laquelle tu devras faire face, ma chérie. Tu ne pourras pas toujours le protéger. Il doit lui aussi tirer les leçons de ses erreurs, et pas toujours à tes dépens ! Malheureusement, plus vous vieillirez, plus vous devrez faire face à des divergences. C'est l'une des réalités de la vie !

Après avoir serré Odile dans ses bras pendant de longues minutes sans rien dire, Robin lui demanda comment elle allait. La jeune fille avait les yeux rougis, ce qui témoignait clairement de la tragédie qu'elle était en train de vivre. Stéphanie et Thomas étaient assis dans un coin de sa chambre, main dans la main, silencieux. Odile les regarda, et un demi-sourire vint adoucir ses traits tendus et ses yeux tristes.

— Je suis vraiment contente pour vous deux.

Robin sourit à son tour en suivant le regard de son amie, avant de demander :

— Êtes-vous prêts ? Allons-nous voir Cédric comme prévu pour lui faire part de notre décision ? Il faut que nous soyons tous d'accord. Si l'un de nous a des doutes, qu'il parle. Nous sommes une équipe, pas des juges !

Tout en disant ces dernières paroles, il regarda de nouveau sa copine :

— Odile, la situation est différente pour toi. Es-tu certaine de ta décision ?

La jeune fille opina de la tête :

— Je suis prête. J'ai longuement réfléchi et je veux faire partie des Isotopes. Ça fait trop longtemps que j'en rêve. Et visiblement Cédric ne semble pas vouloir me soutenir. Je suis terriblement malheureuse de ce qui va se produire, mais j'ai décidé de faire passer mes intérêts et ceux du groupe avant lui.

Odile avait parlé avec détermination, elle qui était toujours si douce et si conciliante. Et cette attitude étonnait ses amis.

À cette heure matinale, ils savaient que Cédric serait dans le parc de *skate* situé à quelques rues de là, dans l'immense square du quartier. Et c'est bien là qu'ils le trouvèrent en train d'exécuter quelques figures complexes sur sa planche à roulettes. Habillé comme tous les *skateurs*, le jeune homme portait également un casque noir sur lequel étaient dessinés, en rouge et blanc, deux os formant un X surmontés d'une carcasse de poisson stylisée. Il était seul, et c'était principalement pour cette raison qu'il choisissait cette heure matinale. À dix heures du matin, très peu de jeunes de son âge se trouvaient là, surtout en période scolaire. Il avait donc pour lui seul le parc de *skate*.

En les voyant venir dans sa direction depuis l'entrée du parc, Cédric sut aussitôt de quoi il retournait. Il fixa son regard dans celui de sa sœur pour tenter de lire en elle et comprit quelle serait la suite des événements. Ils ne s'échangèrent pas leur salut habituel, uniquement de brefs signes de tête, froids et distants. Robin se décida enfin à parler.

— Cédric, nous avons quelque chose à te dire.

Le chanteur se taisait et les observait à tour de rôle. S'ils avaient des choses à lui dire, il n'allait certainement pas les y aider en se montrant courtois. Devant le mutisme de Cédric, Robin hésita une seconde avant de se lancer.

— OK, on ne va pas y aller par quatre chemins, voilà : nous avons décidé d'un commun accord d'intégrer Odile au groupe, en tant que chanteuse. L'acceptes-tu aussi ?

Cédric regarda de nouveau sa jumelle un instant, avant de lui demander :

— Tu veux faire partie du groupe ? Sans vraiment attendre de réponse, il poursuivit sur un ton quelque peu sarcastique : Tu veux devenir *la* chanteuse des Isotopes ? Tu cherches à prendre ma place, c'est ça ?

Odile eut un mouvement de recul, ses yeux s'emplirent de larmes, puis elle se redressa pour faire face à son frère, tandis que déjà Robin s'apprêtait à lui répondre. D'un geste sûr, elle arrêta son amoureux et parla à son jumeau, la voix tremblante :

— Non, Cédric, tu te trompes, je ne cherche pas à t'écarter de ton groupe, loin de là. Je crois que nous pourrions être deux, tout simplement. C'est toi qui compliques inutilement et égoïstement les choses…

Cédric hocha la tête, puis regarda Stéphanie.

— D'abord toi, et ensuite ma sœur, vous avez bien manœuvré les filles… Bravo !

Pour la première fois depuis leur arrivée au parc, Thomas prit la parole, dans l'intention de défendre sa petite amie.

— Elles n'ont rien comploté du tout, nous avons pris ces décisions ensemble. C'est toi et uniquement toi qui poses problème dans l'histoire…

— Oh, le preux chevalier qui vole au secours des jolies jeunes filles en détresse… Tu m'impressionnes, Thomas, je ne te croyais pas aussi vaillant, tu m'as toujours semblé si grossier !

Thomas fit un mouvement vers Cédric qui déjà se préparait à se battre, lorsque Robin l'arrêta de la main.

— Nous ne sommes pas ici pour nous battre, Thomas, et tu ne devrais pas mordre à l'hameçon. Tu ne le connais donc pas ? Cédric a toujours aimé provoquer, tu devrais le savoir, tu as si souvent été la cible de ses sarcasmes.

Robin se tourna vers le chanteur et, dans un même élan, lui annonça :

— Ta décision est prise. À notre tour de t'informer que tu ne fais plus partie du groupe. Dorénavant, les Isotopes n'auront qu'une chanteuse. Je suis réellement désolé, Cédric, mais tu ne nous laisses pas le choix, ton attitude est inacceptable.

Cédric ne disait rien, il se taisait, incapable de dire quoi que ce soit. Il se contenta de fixer tour à tour sa sœur, Robin, Thomas et pour finir Stéphanie, sur qui il s'attarda. Il la dévisagea, lorsqu'il vit Thomas prendre la main de la jeune guitariste dans la sienne. Il suivit des yeux ce geste sans équivoque et comprit alors que ces deux-là étaient ensemble. Il recula d'un pas, regarda une nouvelle fois la jeune rousse comme s'il allait lui dire quelque chose, tourna les talons et partit aussitôt sur sa planche de *skate*.

Les quatre membres des Isotopes regardèrent l'ex-chanteur s'éloigner rapidement. Tous étaient profondément attristés par ce qui venait de se passer. Odile pleura dans les bras de Stéphanie, qui elle-même essuya du revers de sa main quelques larmes naissantes.

Puis ils quittèrent les lieux pour rentrer chez eux. Une page venait de tourner pour ces cinq adolescents. Une longue amitié venait de se terminer, des amours étaient nées, de nouveaux liens s'étaient créés. Robin et Thomas échangèrent un regard empreint de pensées qu'ils ne se diraient jamais, mais qui pourtant voulaient tout dire pour ces deux amis. En peu de temps, les quatre amis d'enfance avaient dû faire face à un départ, celui de Charles-Étienne, et à une séparation, celle de Cédric. Robin se demanda comment chacun allait vivre ces épreuves, une fois rentré chez soi, dans son intimité. Il savait qu'il leur faudrait du temps pour panser cette nouvelle blessure.

Le jeune bassiste serra un peu plus fort Odile, pleinement conscient de la douleur qu'elle devait ressentir. Lui-même s'efforçait de retenir ses larmes.

Chapitre 6

— Je me doutais que tu viendrais te réfugier ici…

Odile s'approcha de son frère. Celui-ci était assis par terre, au fond du jardin de la demeure familiale, sous une énorme épinette bleue à laquelle il manquait quelques branches. Lorsqu'ils avaient neuf ans, les deux jeunes avaient un jour créé cette cachette en sciant, à l'arrière de l'arbre majestueux, soit à l'opposé de la maison, trois ou quatre branches afin d'y faire une ouverture qui était invisible d'ailleurs. L'entrée, pensaient-ils encore naïvement, n'était connue que d'eux seuls. Longtemps, cet arbre leur avait servi de refuge dans les moments difficiles.

Lorsqu'elle était rentrée du parc, Odile avait demandé à Robin de la laisser seule et elle avait cherché son jumeau. Mais ce n'est qu'après avoir fait le tour de la maison qu'elle s'était rappelé leur cachette commune lorsqu'ils étaient enfants. Dans un premier temps, elle avait hésité à s'y rendre, puis elle avait senti qu'elle devait aller le retrouver.

— Je peux ? lui demanda-t-elle en désignant l'endroit du menton.

Cédric ne répondit pas, il regardait fixement le vide devant lui. Son visage était fermé et rien ne trahissait les émotions qui le tourmentaient. Mais Odile ressentait sa souffrance. Elle prit place à ses côtés, et ils demeurèrent ainsi, silencieux, pendant de longues minutes. La jeune fille connaissait assez son frère pour savoir qu'elle ne devait pas le brusquer, surtout après ce qui venait de se passer. Elle devait attendre le temps qu'il faudrait avant qu'il accepte de lui parler. Elle se remémora un jour, alors qu'ils étaient tout jeunes, où elle était restée ainsi assise en silence pendant près de trois heures, avant que Cédric lui fasse part de son chagrin. Étrangement, elle ne se rappelait même plus les raisons. « Comme quoi, pensa-t-elle, la gravité des choses change avec l'âge. »

Elle prit donc son mal en patience et se mit à réfléchir aux événements des dernières heures. Une bonne heure s'écoula ainsi. Le silence était à peine interrompu par les bruits ambiants et la sonnerie lointaine du téléphone dans la maison. Odile pensa qu'il devait s'agir de son père, à qui elle avait parlé avant de rejoindre son frère, et à qui elle avait raconté tous les détails de la situation. Il devait certainement s'inquiéter.

Dans les premiers instants suivant la discussion au parc, la jeune fille avait remis ses choix en question. Avait-elle bien fait d'imposer à son frère ses propres décisions ? Avait-elle eu raison de vouloir intégrer le groupe ? N'aurait-il pas mieux valu qu'elle taise tout simplement son désir ? Avait-elle agi égoïstement, en ne pensant qu'à elle ? Odile se sentait très malheureuse et s'en voulait énormément. Cependant, malgré ces remords et ces remises en question, elle en conclut qu'elle avait pris la bonne décision. Cédric ne pouvait pas se comporter comme il le faisait. Il ne pouvait pas décider pour l'ensemble du groupe, et qui plus est, sans explication valable. Son attitude, comme l'affirmait Robin, était inacceptable, et elle le savait.

— Qu'attends-tu là ?

La voix de Cédric la ramena aussitôt à la réalité. Odile était surprise mais heureuse qu'il se décide enfin à lui parler. Tendrement, elle le regarda avant de lui dire :

— Je voulais être près de toi, c'est tout.

Cédric la fixa un moment avant de lui lancer sur un ton qui se voulait détaché :

— Je n'ai pas besoin de toi, Odile. Quelque chose s'est brisé aujourd'hui, et ce n'est pas parce que tu me rejoins ici, dans notre lieu secret, que ça va changer quelque chose. Tu m'as trahi… comme les autres !

Les mots étaient durs, et Odile sentit des larmes couler sur ses joues. Elle savait, elle se doutait que son jumeau lui en voulait, mais elle n'avait pas imaginé qu'il lui tiendrait des propos aussi méchants. Elle fit cependant un effort sur elle-même pour faire une nouvelle tentative. Après tout, il était tout à fait normal qu'il lui en veuille. Elle ne devait pas s'imaginer que ce serait simple.

— C'est bien naturel que tu penses ça de nous, mais je peux t'assurer que nous t'aimons toujours et que nous sommes tous très malheureux de ce qui vient de se passer.

— Ah, oui ? lança-t-il d'un ton cinglant, vous êtes malheureux ? Vous venez de m'exclure comme un moins que rien de mon propre groupe, et c'est vous qui en êtes peinés ? Non, mais tu te fiches de moi ou quoi ?

Odile sentait la tension monter et elle voulait à tout prix éviter que Cédric ne s'emporte, ne se lève et ne parte, fermant ainsi la porte à toute discussion.

— Je sais à quel point cette décision te blesse, mais tu dois comprendre les raisons… Nous n'avions pas le choix, tu nous as presque forcé la main… Ton comportement envers Stéphanie, ton attitude autocrate et tes sautes d'humeur ont eu raison de notre patience. Tu n'aurais pas fait pareil avec l'un d'entre nous dans des circonstances similaires ? Tu agissais en maître absolu…

— Ah, ne sois pas stupide ! Et puis quoi encore ?

Cédric venait de se lever et s'apprêtait à quitter l'abri du sapin quand Odile lui attrapa la main.

— Je ne veux pas que tu partes tout de suite, je n'en ai pas fini avec toi… Nous devons régler certaines choses.

Au ton décidé de sa sœur, Cédric s'arrêta dans son mouvement. La jeune fille fut très étonnée de le voir se rasseoir à ses côtés, docilement. Cette pseudo-soumission la réconforta. Elle comprit qu'un lien subsistait toujours entre elle et son frère.

— Je parie que c'est cette Stéphanie qui vous a tous montés contre moi… lança-t-il d'un air triste, sur un ton las.

— Stéphanie ? Mais enfin, Cédric, pourquoi agirait-elle comme ça ? Elle ne te connaît pas. Et dois-je te rappeler que c'est toi qui l'as prise en aversion depuis le début, depuis qu'elle a montré le bout de son nez ?

Cédric regardait au loin, semblant ignorer ce que disait Odile.

— Elle et Robin ont tout manigancé… Toi et Thomas n'êtes que des pions dans cette histoire…

— Là, tu deviens carrément parano ! Arrête de chercher midi à quatorze heures, regarde plutôt tes propres agissements…

Odile se leva, visiblement dégoûtée par l'attitude de son frère. Elle sortit de leur cachette avant de lancer avec froideur :

— Tu devrais arrêter de rejeter la faute sur les autres, et plutôt chercher à découvrir les raisons de ton comportement étrange. Parce que tout le monde semble du même avis : tu n'es plus le même depuis plusieurs mois. Si quelqu'un a changé, c'est bien toi !

Odile allait partir quand elle se ravisa :

— Une dernière chose ! Lorsque tu seras prêt à redevenir celui que tu étais, fais-moi signe... D'ici là, oublie-moi !

Odile s'éloigna rapidement, presque en courant. Cédric leva la main pour rappeler sa sœur, mais la laissa aussitôt retomber. Relevant ses genoux sous son menton, le jeune homme y cacha son visage et se mit à pleurer silencieusement.

Les membres des Isotopes continuaient de se réunir comme auparavant dans le sous-sol des Langevin. Les répétitions allaient bon train. Odile avait su se greffer au groupe sans difficulté, et c'est avec une certaine aisance qu'elle interprétait toutes les chansons de leur répertoire, qu'elle connaissait par cœur. Il restait deux semaines avant la représentation tant attendue. Les quatre membres du groupe se réunissaient presque tous les deux jours pour les répétitions. Ils avaient confiance. Ils étaient prêts.

Cédric était toujours absent lorsque Robin, Stéphanie et Thomas arrivaient vers dix-sept heures pour les répétitions, et aucun d'eux n'osait demander à Odile et à Richard où il se trouvait. D'ailleurs, il était rarement question de lui : ils évitaient d'aborder tout sujet se rapportant à lui. Un certain malaise s'installait lorsque quelqu'un faisait allusion à Cédric. Odile avait cependant fait part à Robin de sa discussion avec son frère, mais ils avaient jugé qu'il n'était pas nécessaire d'en informer les autres, puisque rien de bon n'en était ressorti. La jeune chanteuse vivait mieux sa décision depuis quelque temps, et Robin ne voulait pas que surgisse quelque doute que ce soit dans son esprit. Il préférait, ainsi que Thomas avec qui il en avait parlé, éviter le sujet de Cédric. Robin avait cependant confié au batteur qu'il devrait un de ces quatre faire le point avec l'ancien chanteur.

— Je ne crois pas que notre amitié doive se terminer ainsi. Cédric demeure mon ami, et j'attends simplement qu'il me fasse signe pour tirer les choses au clair. Je continue de penser que le groupe ne se porterait pas plus mal avec deux chanteurs. Nous devons lui laisser du temps, il reviendra de lui-même. Soyons patients !

Charles-Étienne venait parfois les voir répéter, et c'est avec une réelle satisfaction qu'il découvrait le talent de celle qui lui succédait. Stéphanie était une excellente guitariste : son talent ressortait surtout lorsqu'elle entamait les quelques solos spécialement conçus pour elle. Ce choix était le fait de Robin, et c'est à l'unanimité qu'il avait été accepté. L'ex-guitariste des Isotopes avait lui aussi plusieurs fois tenté de joindre Cédric. Il espérait, sans en avoir fait part à ses copains, pouvoir réconcilier les membres du groupe avant son départ. Après tout, pensait-il, tout cela ne serait jamais arrivé s'il n'avait pas été question de l'Angleterre. Mais il était de l'avis de tous : l'attitude de Cédric était inacceptable. Il approuvait la décision des Isotopes, même s'il la trouvait tout à fait regrettable et peut-être même sévère.

C'est dans cet esprit que Charles-Étienne tenta une énième fois de joindre l'ex-chanteur, mais sans succès. Il vint assister une dernière fois aux répétitions du groupe. Son vol était prévu pour le lendemain et c'est dans la tristesse que les membres du groupe passaient ces derniers instants en sa compagnie.

— Vous direz à Cédric, la prochaine fois que vous le verrez, que je vous trouve tous fantastiques et que j'ai déjà hâte de revenir. Je suis désolé que lui et moi, nous nous soyons ratés.

Il se tut un instant avant de reprendre :

— Je sais que vous serez de nouveau réunis, très bientôt. On ne brise pas une si longue amitié pour une ridicule divergence d'opinion. Cédric reviendra au sein des Isotopes, j'en suis certain, il lui faut simplement du temps.

Thomas jeta un regard à Robin, en se rappelant qu'il lui avait dit la même chose quelque temps auparavant.

— Il a des trucs à régler avec lui-même, je ne sais pas quoi, mais je le connais assez pour savoir qu'il les résoudra, seul. Il faut simplement que vous demeuriez ouverts lorsqu'il reviendra. Je le connais aussi assez, tout comme vous deux, lança le garçon à l'intention de Robin et Thomas, pour savoir qu'il ne faut pas le pousser. Il faut attendre que cela vienne de lui-même, n'est-ce pas, Odile ?

La jeune fille lui répondit d'un hochement de tête, heureuse de constater qu'elle n'était pas la seule à bien connaître cet impétueux personnage qu'était son jumeau. Cédric avait bien de la chance d'avoir de tels amis, et il s'en rendrait compte bientôt. Elle aussi avait confiance dans l'avenir de leur amitié. Cette histoire n'était qu'une broutille, cela ne faisait aucun doute dans son esprit. Avec le temps, les blessures se refermeraient.

Robin, Stéphanie, Thomas et Odile raccompagnèrent Charles-Étienne jusque chez lui. D'un pas lent, afin de ne pas précipiter l'instant où ils devraient se dire au revoir, ils empruntèrent les petites rues, bavardant de tout et de rien, cherchant surtout à éviter le sujet déchirant qui les habitait.

À la vue de la demeure des parents de Charles-Étienne, d'un mouvement général, comme s'ils avaient pris une décision unanime, ils freinèrent un peu plus l'allure déjà lente, retardant ainsi le moment tant redouté.

Les bagages de Charles-Étienne étaient faits, et ses sacs s'empilaient dans l'entrée. Sa mère, visiblement attristée par son départ, lui annonça d'une voix émue que son père viendrait le chercher dans la demi-heure. Devant le regard étonné de ses amis, Charles-Étienne les informa qu'il passait la dernière nuit dans l'appartement de son père. Les larmes aux yeux, Odile et Stéphanie embrassèrent le garçon et, bien que sa remplaçante ne le connût que depuis peu, elle l'appréciait et voyait en lui de grandes qualités, notamment l'honnêteté des sentiments. Robin et Thomas plaisantèrent un peu, donnèrent quelques accolades viriles à leur ami et finirent par avouer, la voix quelque peu affectée, que leur vieux Page allait terriblement leur manquer. Tous se promirent de s'écrire, et c'est le regard triste et troublé qu'ils se séparèrent.

Le départ de Charles-Étienne, s'ajoutant à la liste des événements marquants déjà traversés, avait grandement perturbé le groupe. Les jours suivants, les Isotopes, habités par des sentiments mêlés, se réunirent pour leurs répétitions. Ils vivaient tous de grands bouleversements qui les secouaient profondément. N'eût été le spectacle et la fin de l'année scolaire les forçant à s'activer tous les jours, ils auraient assurément sombré dans la tristesse pendant un certain temps. Le départ du guitariste, l'exclusion de Cédric et l'arrivée des deux filles avaient considérablement modifié l'équilibre des choses, mais les motivations demeuraient les mêmes. Les Isotopes n'avaient plus tout à fait le même visage, mais de l'avis de tous, le groupe avait mûri et il offrait un spectacle d'une grande qualité. Robin conclut pour lui-même qu'une autre page se tournait dans l'histoire du groupe, ainsi que dans la vie personnelle de chacun d'entre eux.

Odile avait raconté à Cédric les derniers instants passés ensemble avec Charles-Étienne et les impressions de l'ex-guitariste du groupe. Son jumeau l'avait écoutée en silence, le visage grave. Pendant un instant, il porta son regard vers le jardin pour que sa sœur ne voie pas les larmes couler sur ses joues. Mais la jeune fille n'était pas dupe. Elle n'osa rien dire et résista à l'envie de prendre son frère dans ses bras. Cédric tourna enfin la tête dans sa direction et la regarda un instant, avant de disparaître en direction de sa chambre. Ébranlée et hésitante quant à ce qu'elle devait faire, Odile décida de le suivre. De derrière la porte, elle entendit Cédric lui demander de le laisser seul. La jeune fille se mit à pleurer d'impuissance, malgré tout le soutien qu'elle désirait lui apporter. Essuyant ses larmes, elle posa la main sur le panneau de bois de la porte qui les séparait :

— Cédric, un de ces jours, il faudra bien que tu te décides à parler. Tu ne peux pas continuer ainsi, ton malheur nous atteint tous.

De l'autre côté de la porte, Cédric avait le front appuyé sur le bois, presque à la même hauteur que la main de sa sœur. Il pleurait et sa peine lui semblait insurmontable. Il comprenait de plus en plus les raisons de son attitude et entrevoyait une solution pour résoudre ses problèmes, mais il n'osait pas agir. Il avait créé tellement de conflits autour de lui qu'il ne savait pas encore comment les résoudre, ni dans quel ordre commencer. Cependant, il savait qu'il devait se confier à quelqu'un, et cette personne ne pouvait être que son meilleur ami, c'est-à-dire Robin. Toutefois, il n'osait pas parler, trop honteux qu'il était de son comportement. Il préférait attendre le moment opportun.

— Je sais depuis le début que Stéphanie est amoureuse de quelqu'un, elle me l'a dit. Mais, tu vois, maintenant je me demande si j'avais besoin de savoir ça…

Thomas fixait intensément Robin, qui soutenait son regard sans trop comprendre où il voulait en venir. Il haussa les épaules et secoua la tête.

— Je ne te suis pas… Que cherches-tu à me dire ?

Les deux amis marchaient en direction du supermarché du coin. Mme Ikeda avait demandé à son fils d'aller faire une course pour le repas du soir. Cela faisait longtemps que les deux garçons ne s'étaient pas retrouvés seuls tous les deux, et c'est avec une certaine satisfaction qu'ils en prenaient conscience. La compagnie de Stéphanie et d'Odile était fantastique, mais le simple fait de se retrouver entre gars l'était tout autant.

— Ce que j'essaie de dire, c'est que je sais depuis le début de notre relation qu'elle *trippe* sur un autre gars qui ne s'intéresse pas à elle. Les premiers temps, je trouvais ça correct d'être au courant, mais maintenant, plus les jours passent, plus cette situation me trouble. Et plus je me mets à douter d'elle quand nous ne sommes pas ensemble…

— Mais vous êtes toujours ensemble ! lança Robin pour tenter d'alléger la conversation. Vous répétez ensemble, vous étudiez ensemble et vous sortez ensemble. Chaque fois que je téléphone chez toi, ta mère me répond que tu es chez elle, que vous êtes partis au cinéma ou au centre commercial…

Thomas le regarda en biais avant d'ajouter, presque gêné :

— C'est vrai, mais il y a tout de même des temps morts…

— Ah, tu veux dire quand elle rentre chez elle prendre une douche et se coucher, c'est ça ?

— Tu trouves ça débile ?

— Je n'irais pas jusqu'à te traiter de débile, mais je crois que tu te racontes des histoires… Tu t'imagines des choses qui n'ont pas lieu d'être…

— Mais ce gars existe, et je me doute qu'elle doit encore le croiser de temps en temps. Tu le connais, toi ? Après tout, c'est ta cousine !

Robin connaissait évidemment l'identité de celui dont Stéphanie était amoureuse et, bien sûr, il ne pouvait avouer à Thomas de qui il s'agissait. « La situation est déjà assez compliquée comme ça avec Cédric, pas besoin d'en rajouter », pensa-t-il. Et puis, de toute façon, Cédric détestait Stéphanie. Thomas n'avait donc rien à craindre. Visiblement, il se créait des peurs de toutes pièces.

— Non, je n'en sais rien… Je crois simplement que tu devrais arrêter de t'en faire. La jalousie est le meilleur moyen de perdre la personne à qui on tient, je te l'assure. Et Stéphanie ne supporterait pas que tu sois jaloux d'un type qui ne l'aime pas. Elle n'a pas besoin de ça, tu sais.

— Ouais, je le sais, mais c'est plus fort que moi ! J'aime beaucoup Stéph. Et l'idée qu'elle aime quelqu'un d'autre m'est presque insupportable.

— Ouais ! J'imagine que c'est très dur, mais tu le savais depuis le début. Dès les premiers instants, elle te l'a dit. Elle souhaitait que les choses soient claires entre vous. Je crois que c'est une grande preuve de respect, non ? Et si elle avait eu de l'espoir avec ce mystérieux gars, elle n'aurait jamais accepté de sortir avec toi. Je la connais bien, ce n'est pas du tout le genre de personne à profiter des autres.

— C'est certain ! Mais parfois j'ai l'impression d'être un prix de consolation…

Thomas se tut un instant avant de conclure :

— C'est de son amour que j'ai besoin, bien plus que de son respect…

— Et si c'était le cas, tu souhaiterais autre chose ! Je vais peut-être te paraître philosophe, mais le respect est selon moi une des choses les plus importantes d'une relation. La preuve, c'est que bien des gens aiment sans respecter, et généralement, ça finit mal !

Ils étaient arrivés au supermarché. Le batteur suivait son ami dans les allées sans se rendre vraiment compte de l'endroit où il se trouvait. Il était bien plus absorbé par ses préoccupations que par les articles en promotion ! Il suivait Robin pas à pas, continuant de lui faire part de ses préoccupations. Même la caissière s'étonnait de voir ce jeune garçon débiter son discours sans s'apercevoir de ce qui l'entourait. Robin paya ses achats et fourra les provisions dans le cabas de jute que sa mère lui avait fortement suggéré d'apporter. Il écoutait Thomas d'une oreille plutôt distraite, repensant continuellement à ce que le jeune batteur venait de lui dire : l'amour de Stéphanie, un autre gars, Cédric. Ces mots revenaient sans cesse dans son esprit, et il tentait d'en comprendre le sens.

Robin avait l'impression que cette évidence en cachait une autre. Thomas continua de parler, et Robin lui répondit machinalement jusqu'à ce qu'ils soient arrivés chez lui. Pour changer de sujet, le bassiste proposa :

— On se fait une partie de *Splinter Cell* ? Je viens d'acheter le dernier. Paraît qu'il est vraiment bon, que c'est le meilleur de la série…

Les deux adolescents allèrent dans la chambre de Robin où ils entamèrent une partie de jeux vidéo.

Chapitre 7

Il ne restait que cinq jours avant la date fatidique. Quelques jours de grande fébrilité. Robin, Odile, Thomas et Stéphanie, quoique très nerveux, savaient pertinemment ce qu'ils avaient à faire et ils connaissaient les partitions et les chansons sur le bout des doigts. L'attente leur semblait terriblement longue et, malgré les répétitions qui étaient devenues quotidiennes, une certaine anxiété les habitait.

Odile et Stéphanie se rencontraient pour la énième fois, pour discuter de ce qu'elles allaient porter le jour J. Avec découragement, elles s'apercevaient, horrifiées, qu'elles n'avaient rien de potable à se mettre sur le dos. Du moins, c'était ce qu'elles affirmaient. Les garçons roulaient des yeux chaque fois qu'elles abordaient le sujet, c'est-à-dire dès qu'ils déposaient instruments et micros pour faire une pause. Ils avaient beau dire aux filles que cela n'avait aucune importance, elles ne les écoutaient pas. Thomas avait avoué à sa copine qu'il l'avait toujours trouvée très sexy dans ses jeans troués et qu'il ne l'imaginait pas autrement. Stéphanie avait haussé les épaules en secouant négativement la tête, signe évident qu'il n'y comprenait pas grand-chose.

Ayant quelques heures devant elles, après l'examen de français qu'elles avaient passé en matinée, les deux amies avaient prévu retourner faire les boutiques avant la prochaine répétition. Assises dans l'autobus qui se rendait au centre commercial, Odile et Stéphanie s'entretenaient de mille petites choses. Elles avaient très hâte d'être au spectacle, et c'est avec beaucoup de fierté qu'elles en discutaient autour d'elles. En riant, Stéphanie avoua à Odile qu'elle était malade chaque fois qu'elle s'imaginait sur scène, ce que son amie lui confirma ressentir également. Elles se mirent à imaginer des situations cocasses et même horribles qui provoquèrent des fous rires interminables.

Odile attendait depuis quelque temps déjà l'occasion de parler à Stéphanie d'un sujet qui la préoccupait, ou plutôt qui les tracassait, elle et Robin. Il lui avait fait part des inquiétudes de Thomas à l'égard de Stéphanie, et le garçon se demandait si sa cousine pensait encore à Cédric. N'en pouvant plus d'attendre le bon moment, Odile, qui de toute évidence n'écoutait plus Stéphanie, lui coupa la parole et lui posa directement la question :

— Je dois te demander quelque chose, Stéph...

Stéphanie la dévisagea, surprise et soudain inquiète de l'impatience de son amie pour qui cette question ne pouvait pas attendre la fin de son bavardage.

— Je t'écoute, tu as l'air si grave, d'un seul coup ! Ça va ?

— Oui, oui, ne t'inquiète pas... Je vais très bien ! Le sujet ne me concerne pas, il s'agit plutôt de toi...

Stéphanie la regarda, plus étonnée encore.

— Avant de commencer, reprit Odile, je dois te faire part d'une conversation qui s'est déroulée entre Robin et Thomas. Selon Robin, ton *chum* semble très inquiet à ton sujet. Il s'interroge sur tes intentions, il a même avoué à Robin qu'il était jaloux des sentiments que tu avais pour... un autre garçon...

Stéphanie fut soudain prise de panique :

— Il ne lui a pas dit qu'il s'agissait de Cédric, j'espère ?

— Non, non, ne t'en fais pas. Robin n'est pas complètement stupide, tu sais !

Le ton d'Odile était légèrement vexé, et Stéphanie eut l'impression qu'elle l'avait blessée.

— Je le sais bien, mais je ne tiens pas à ce qu'il le découvre. De toute façon, ça ne donnerait absolument rien qu'il le sache, à part beaucoup de souffrance. Je crois qu'il y a déjà assez de tension comme ça dans le groupe, inutile d'en rajouter...

Odile opina de la tête.

— Éprouves-tu toujours des sentiments pour lui ?

Stéphanie porta son regard vers l'extérieur de l'autobus. Comme chaque fois qu'il était question de Cédric, elle avait énormément de peine. Un malaise l'envahissait et la plongeait dans une grande mélancolie. Les yeux humides, elle murmura :

— Si tu savais tout ce que je donnerais pour ne plus en avoir... Ce gars me rend malheureuse. Très malheureuse !

— Mais Thomas ?

— Ah ! Thomas est un amour... je l'aime beaucoup ! lui lança-t-elle avec un demi-sourire.

— Mais pas comme Cédric, n'est-ce pas ?

— J'essaie pourtant. Il a tellement de qualités, il est si mignon. J'ai toujours été franche avec lui. Ne va pas croire que je joue sur deux tableaux. Thomas sait depuis le début que je suis amoureuse de quelqu'un d'autre. Il m'a assurée que ça ne le dérangeait pas, mais je vois bien qu'il en souffre, je ne suis pas aveugle. Et pourtant, je fais mon possible pour l'oublier. Je ne peux pas faire mieux. Malheureusement, je n'ai pas de prise là-dessus !

— Personne n'en a, conclut Odile, le regard absent. Si c'était le cas, tout serait plus simple pour tout le monde, non ?

Odile pensait à son propre père qui souffrait encore du départ de leur mère. Stéphanie renvoya un sourire mélancolique à son amie. Elles étaient arrivées à destination, et l'autobus les déposa devant la porte d'un des grands magasins du centre commercial, dans lequel elles entrèrent rapidement.

— Bon, redevenons plus frivoles, veux-tu ? Alors, je t'informe que nous ne sortirons pas d'ici sans avoir trouvé LE vêtement que nous allons porter vendredi soir ! exhorta Odile. OK ?

— *Go !* répondit sa copine, chassant d'un geste de la main ses inquiétudes et sa tristesse.

Au même moment, chez Robin Ikeda

Robin était seul chez lui, en train d'écouter de la musique sur son iPod, savourant lui aussi les quelques heures de congé qu'il avait après son examen, lorsqu'il entendit la sonnerie du téléphone. Sans trop se presser, persuadé qu'il s'agissait d'un appel pour ses parents, il décrocha le téléphone juste avant que le répondeur se déclenche :

— *Yes ?*

— T'étais où pour que ça te prenne autant de temps à répondre ?

Robin, très étonné, reconnut la voix de Cédric.

— J'écoutais de la musique, j'avais mes écouteurs sur les oreilles…

— T'écoute quoi ?

— Green Day ! Leur dernier album… Super bon ! Tu l'as ?

— Non, pas encore. J'avais l'intention de le télécharger, j'ai vu qu'il y avait quelques chansons gratuites sur iTunes… Faut que je te voie !

La voix de Cédric était affligée, et Robin devina les raisons de son appel.

— Je suis chez moi, tu peux passer quand tu veux…

Une dizaine de minutes s'écoulèrent entre le moment où Robin raccrocha et celui où la sonnette de la porte d'entrée se fit entendre. Mme Ikeda, revenue entre-temps, indiqua à Cédric que son fils était dans sa chambre, après avoir fait remarqué au visiteur que ça faisait un bon bout de temps qu'elle ne l'avait pas vu. Elle l'interrogea également sur ses parents, insistant sur la santé de son père, et sur ses examens de fin d'année. Sans chercher à le brusquer, ni vouloir paraître impoli, le garçon, tout en se dirigeant vers la chambre de son ami, tentait d'échapper à ces interrogations par de courtes réponses. Après plusieurs hochements de tête et de vagues promesses sur d'éventuels soupers, à son grand soulagement Cédric atteignit enfin la chambre de Robin.

— Salut ! lança-t-il en entrebâillant la porte après avoir frappé deux petits coups nerveux.

Robin était en train de ranger la pile de vêtements propres que sa mère lui avait apportée quelques minutes auparavant. Il fit signe à son copain d'entrer. Cédric se laissa choir sur un transat en fausse fourrure vert fluo, sans rien dire, tandis que Robin prenait place sur son lit encombré de livres et de cahiers d'étude. Même s'ils passaient une grande partie de leur temps à préparer le spectacle, les membres du groupe devaient également étudier pour leurs examens scolaires. C'était la condition *sine qua non* qu'avaient posée leurs parents. Les deux amis demeurèrent ainsi, silencieux, de longues secondes, avant que Cédric se décide enfin.

— Comment vont les répétitions ?

Robin hocha la tête.

— Bien ! Super bien…

Le bassiste comprenait très bien qu'il n'aidait en rien son ami en faisant cette simple réponse, mais, contrairement à Cédric, ce silence ne le dérangeait pas. Bien entendu, il n'avait pas l'intention de rendre son ami mal à l'aise, mais il pensait que Cédric le méritait bien. Si celui-ci désirait lui parler, qu'il le fasse. Robin se fit le commentaire qu'après tout c'était par lui que le trouble était arrivé. Il était donc normal que ce soit lui qui tente de réparer les pots cassés. Robin se doutait bien que Cédric était là pour faire la paix, qu'il cherchait à réintégrer le groupe, et lui-même l'avait longtemps espéré, mais il n'allait pas lui ouvrir toutes grandes les portes sans le laisser d'abord se débattre un peu et surtout s'excuser.

Cédric continua de fixer ses pieds, ne sachant trop quoi dire, quand enfin il se décida.

— J'imagine qu'Odile est excellente ?

— Elle chante très bien. Tu as dû nous entendre… Après tout, c'est chez toi qu'on répète !

Cédric releva la tête et regarda de ses yeux noisette le bassiste, son ami d'enfance, celui qui connaissait tout de lui.

— Ouais ! J'ai toujours été présent lors de vos répètes… Je restais dans ma chambre, alors que tout le monde me croyait parti, avoua-t-il, un demi-sourire aux lèvres.

— J'en étais sûr ! Je me doutais bien que tu ne pourrais pas te tenir bien loin des Isotopes…

— C'est toute ma vie…

— Rien que ça ! le nargua Robin.

— Hum… et je dois avouer que vous êtes pas mal bons…

Robin le regardait, heureux de constater que Cédric se tenait moins sur la défensive. Avait-il réussi à affronter ses démons ? La bassiste se demanda également s'il n'était pas temps de tendre la main à son ami, de l'aider un tant soi peu à s'expliquer.

— Merci, Cédric. Écoute, je vois bien que tu cherches à me dire quelque chose. Vas-y franchement, je suis tout oreilles.

L'ancien chanteur du groupe se leva pour se diriger vers les étagères où s'empilaient dans un désordre presque intentionnel CD, DVD, magazines de jeux vidéo et livres. Après un moment de réflexion, Cédric reprit :

— Qu'est-ce que tu dirais si je te disais que je veux réintégrer le groupe ?

— Rien, sinon que j'en serais ravi, tout comme les autres. Depuis le début, je pense que ce serait bien d'avoir deux chanteurs… Mais il faudrait que tu changes certaines choses.

— J'en suis bien conscient, concéda Cédric.

— As-tu trouvé les réponses à tes questions ? Comprends-tu les raisons de ton comportement ?

— Tu parles comme mon père ! dit Cédric en se tournant enfin vers Robin et en enfonçant ses deux mains dans les poches de son pantalon cargo vert bouteille. Je crois que j'ai compris certaines choses depuis quelque temps.

— Veux-tu m'en parler ?

L'ex-chanteur des Isotopes haussa les épaules, puis alla se rasseoir sur le transat fluo.

— C'est pour cela que je suis venu… J'ai effectivement besoin de faire le point avec quelqu'un. Je voulais en parler à un ami, à quelqu'un en qui j'ai toute confiance… Toi !

— J'en suis honoré !

Cédric se tut un instant, souriant à la phrase toute faite qu'employait son copain. Robin avait toujours démontré une telle propension aux bonnes paroles et aux belles actions. Il cherchait toujours à se présenter aux autres comme un réel gentleman, ajoutant, à la rigolade, que c'était aussi un excellent truc pour draguer les filles et surtout pour plaire à leur mère !

Cédric cherchait en lui le courage de parler, car ce qu'il allait dire à son vieil ami lui demandait plus que si celui-ci avait exigé qu'il se jette dans le vide. Eux qui se disaient tout lorsqu'ils étaient plus jeunes ressentaient maintenant une grande gêne à exprimer des choses un tant soit peu personnelles. Cédric se mit à se ronger un ongle avant de commencer, tandis que Robin attendait, patient.

— J'ai longtemps cherché pourquoi je réagissais si mal lorsque je voyais Stéphanie. Je ne comprenais pas pourquoi j'étais hors de moi dès que cette fille était dans les parages. Pourtant, je n'avais rien contre elle, puisque je ne la connaissais pas. Avant l'audition, je ne l'avais jamais vue, bien que tu m'aies dit qu'elle était souvent présente lors de vos réunions de famille. Mais je n'avais aucun souvenir d'elle, c'était comme si je la voyais pour la première fois. Je ne pouvais donc pas avoir de ressentiment à son égard, et c'est pourquoi ça m'angoissait. Ce n'est que très récemment que j'ai compris qu'il fallait que je pousse plus loin mon introspection.

Cédric sourit en se rendant compte du mot qu'il venait de prononcer :

— *Hey !* Mon in-tro-spec-tion !

Robin sourit également devant le terme employé, mais il n'ajouta rien car il ne souhaitait pas que Cédric s'éloigne de son sujet.

— Voyez-vous, docteur Ikeda, reprit Cédric en faisant mine de s'allonger sur un divan, comme dans ces vieux clichés du patient chez son psychiatre, tandis que Robin continuait à rigoler intérieurement, je me suis mis à chercher à quand remontait cette rogne qui grandissait en moi et que je ressentais de plus en plus, dès que je croisais une fille. Quand le déclic s'est fait… J'ai enfin compris : c'est depuis le divorce de mes parents.

Cédric se tut, le temps de laisser redescendre la boule d'angoisse qu'il sentait monter dans sa gorge. Robin baissa la tête. Il ne voulait pas mettre son ami mal à l'aise, devinant combien ces aveux devaient être difficiles.

— Depuis que ma mère nous a quittés, depuis qu'elle et mon père ont divorcé… Je lui en voulais tellement, finit par dire Cédric dans un murmure. Elle n'avait pas le droit de nous faire ça. Je sais aujourd'hui que, si elle en est arrivée là, c'est qu'elle avait ses raisons. Mais avant de les comprendre, ses raisons me paraissaient tellement égoïstes. Je ne les saisissais pas… Entre nous, je ne les comprends toujours pas, mais j'apprends à les accepter, avoua-t-il en esquissant un faible sourire.

— Je ne te suis pas, répondit Robin, toujours assis en tailleur sur son lit.

— Quand on a des enfants, ne doit-on pas tout leur sacrifier ? Je ne te pose pas la question, je t'explique simplement ce que je ressentais, le raisonnement que j'avais encore il y a quelques jours à peine. À mes yeux, du moins je le pensais encore il n'y a pas très longtemps, un parent devait se sacrifier corps et âme pour ses rejetons. C'est ce que mes parents avaient toujours fait pour Odile et moi, je tenais donc cela pour acquis. C'était normal que nous passions avant eux, je n'avais jamais remis cette évidence en question. D'où ma déroute. C'est à cause de cette stupide certitude que je me figurais que j'avais été lésé dans cette histoire. Tu me suis ?

Robin acquiesça de la tête, même s'il n'était pas certain de bien comprendre les propos de son ami.

— Je suis donc allé voir ma mère pour lui poser la question. Je ne l'avais pas revue depuis le divorce, je ne le souhaitais pas. Comme tu le sais, j'étais fâché contre elle et je lui en voulais beaucoup. Quand je lui ai parlé des sacrifices que les parents sont censés faire pour leur enfant, elle s'est mise à pleurer et elle m'a répondu : « J'avais déjà sacrifié ma vie pour vous deux, Odile et toi, et je n'avais plus la force de continuer. J'avais besoin de me retrouver, de me prouver que je pouvais être autre chose qu'une mère… » Elle m'a ensuite expliqué qu'à notre naissance elle avait mis de côté sa carrière, et qu'elle ne l'avait jamais regretté. Mais qu'avec le temps, avec les années qui passent, parce que nous grandissions Odile et moi, elle s'était mise à envisager un retour au travail. Nous avions de moins en moins besoin d'elle, du moins, c'est ce qu'elle croyait. Nous n'étions presque jamais à la maison et ma mère y a alors vu l'occasion de reprendre ses activités professionnelles. Elle a donc entrepris des démarches et s'est bientôt retrouvée face à des choix qui ont bouleversé nos vies. Non seulement celles d'Odile et la mienne, mais également la sienne et celle de mon père. On lui a offert la direction de la nouvelle collection du designer qui venait de l'embaucher. Mais ça exigeait qu'elle séjourne plusieurs mois par année à Hong Kong afin de superviser le déroulement de la confection des vêtements. Ma mère a été enchantée de cette offre, mais pas mon père. Elle a tout de même décidé de foncer et d'accepter le poste. Après tout, pensait-elle, si quoi que ce soit arrivait, notre père serait là pour nous. Le temps a fait son œuvre, et mes parents se sont de plus en plus éloignés l'un de l'autre, jusqu'au jour où ma mère a demandé le divorce.

Cédric regardait fixement le vide juste à côté de Robin, comme si sa peine, une fois étalée devant de son ami, devenait brusquement plus pénible à vivre. Cédric avait de la difficulté à poursuivre. Il avait besoin de parler, mais en même temps il en ressentait une grande gêne, une certaine honte. Il enchaîna quand même, non seulement parce qu'il constatait que cela lui faisait du bien, mais également parce qu'il devait s'expliquer.

— Ils vivaient déjà séparés la plupart du temps. Ma mère avait rencontré quelqu'un d'autre, comme tu le sais déjà. Ils se sont entendus sur notre lieu de résidence, à Odile et moi, et ont décidé que nous allions vivre chez notre père, puisque c'était déjà le cas depuis plusieurs mois. Ma mère était alors persuadée que c'était ce qu'il y avait de mieux à faire pour nous deux. Nous avions déjà pris l'habitude de vivre seuls avec Richard, nous avions établi nos points de repère. Ils ont alors pensé que c'était préférable que ça continue ainsi. De plus, nous gardions notre routine, notre quartier et nos amis. Comme ma mère partait pendant plus de six mois par année en Asie, il était inconcevable que nous vivions avec elle dans de telles conditions. Elle s'est alors persuadée que, si la situation exigeait des changements, elle saurait y voir. Ma mère s'en veut énormément, tu sais, surtout depuis que mon père lui a parlé de mes difficultés. Elle a alors pris l'avion, uniquement pour venir me voir, mais j'ai refusé de la rencontrer. Tu vois, avec le temps, je pense que si j'en voulais autant à tout le monde, c'est que j'avais l'impression que notre mère nous avait abandonnés. Dans de telles conditions, comment pouvais-je faire confiance à une femme ? Mon père, solide comme un roc, se trouvait à nos côtés, alors que ma mère fuyait à l'autre bout de la terre. J'avais la désagréable impression que tout cela était lié à ma relation personnelle avec elle. Je croyais alors que j'étais incapable d'établir une relation avec une fille, puisque je ne parvenais pas à le faire avec ma propre mère. Tu comprends ?

— Tout à fait. Dis donc, Cédric, je suis franchement impressionné par ton esprit d'analyse. C'est une vraie introspection que tu as faite là. Je n'en reviens pas…

— En réalité, mon père m'a beaucoup aidé. Il a fait appel à un psychologue, et c'est en discutant avec lui que nous avons mis le doigt sur le bobo.

— OK ! Je comprends mieux… Mais sais-tu ce qui me surprend le plus dans tout ça ?

Cédric lui fit signe que non.

— C'est que tu y sois allé !

— Mon père ne m'a pas laissé le choix ! avoua Cédric en riant, avant d'ajouter sur un ton plus sérieux : Et puis, j'en avais assez de voir tout le monde me fuir. J'étais en train de perdre ce que j'avais de plus cher, mes amis et mon groupe. Il fallait que je réagisse. Tu me connais, je suis plutôt du genre battant. Me laisser dériver, ça n'était pas moi. Il fallait que je me reprenne en main. Je ne suis pas du genre à m'apitoyer sur moi-même, et encore moins à me laisser porter par les événements.

Cédric se tut un instant avant de continuer :

— Toute cette introspection m'a également permis de découvrir autre chose.

— Quoi donc ?

— Et bien… les raisons de mon comportement odieux envers Stéphanie.

— Ah, oui ! Je t'écoute.

Robin changea de position, de plus en plus intéressé par ce que lui racontait son copain. Mais celui-ci ne répondit pas tout de suite. Il venait de déballer son sac devant Robin et de se mettre à nu devant lui. Il se demanda un instant s'il devait lui confier le reste. Déjà, c'était une réelle prouesse que d'avoir fait ces déclarations, et il hésitait pour la suite.

— Je ne sais trop comment dire, mais avant je veux que tu me jures de ne rien dire à personne, et surtout pas à Odile.

— OK ! OK ! Je t'en fais la promesse. Ouais, ça semble sérieux ton truc.

— Assez, oui. Je ne le crois pas moi-même.

— Ben vas-y… s'impatienta le bassiste, de plus en plus curieux.

Cédric marqua de nouveau un temps d'arrêt, avant de se lever pour se diriger vers la fenêtre donnant sur la rue. Il regardait à l'extérieur, visiblement troublé par ce qu'il avait confié à Robin. Sans se retourner vers son ami, il lança presque dans un murmure :

— J'aime Stéphanie.

Robin fut estomaqué. Il resta bouche bée, observant Cédric sans comprendre.

Chapitre 8

⟨◦⟩ ⟨◦⟩ ⟨◦⟩ ⟨◦⟩ ⟨◦⟩ ⟨◦⟩ ⟨◦⟩ ⟨◦⟩ ⟨◦⟩ ⟨◦⟩ ⟨◦⟩ ⟨◦⟩ ⟨◦⟩ ⟨◦⟩ ⟨◦⟩ ⟨◦⟩ ⟨◦⟩

— *Q*uoi ? Robin ouvrait de grands yeux, totalement abasourdi. Jamais il ne s'était imaginé ce que son ami venait de lui avouer. Cédric se tourna vers Robin.

— Je suis amoureux de Stéphanie. Je l'aime, confirma-t-il, mal à l'aise, et crois-moi, j'en suis le premier surpris.

— Mais je ne comprends pas, tu lui tombes dessus dès que tu en as l'occasion, et là tu prétends en être dingue. Assez contradictoire comme attitude, non ?

— Je sais, c'est fou, hein ? En fait, je pense que depuis le début j'en suis amoureux, mais je ne pouvais pas, et je ne voulais pas me laisser aller à aimer quelqu'un. Comment aurais-je pu faire confiance à une fille ? Maintenant que tu connais mes motivations et les problèmes que j'avais, tu comprends mieux, non ?

Robin ne répondait pas, encore trop étonné par les révélations de Cédric et pas réellement certain de bien le comprendre.

⟨◦⟩ ⟨◦⟩ ⟨◦⟩ ⟨◦⟩ ⟨◦⟩ ⟨◦⟩ ⟨◦⟩

— J'ai longtemps cru, continua Cédric, que l'amour c'était de la connerie et que ce n'était pas pour moi. Je ne voyais pas très bien ce qu'il y avait de bien à aimer quelqu'un. Je trouvais même ça barbant, les coups de téléphone, les minouchages, les questions mielleuses du genre : « Est-ce que tu m'aimes ? » Ça m'agaçait énormément, je dirais même que ça m'irritait profondément. Dès que je te voyais avec Odile, ou que je vous entendais au téléphone, je n'en revenais pas des idioties que vous vous disiez, c'en était comique. J'avais l'impression en te regardant que tu perdais ta personnalité, tu n'étais plus toi-même. Ma sœur avait fait de toi un autre gars. Un gars mou, sans colonne vertébrale, et ça, ça me mettait hors de moi. Il était hors de question que je devienne comme ça. Je crois que c'est là que tout s'est joué. Dès que mon esprit s'est aperçu que j'étais en train de déconner, dès qu'il a compris que Stéphanie me plaisait, que j'étais sur la mauvaise pente, et avant même que mon âme n'en prenne conscience, je me suis mis volontairement à détester Stéphanie. C'était, me semblait-il, tellement plus simple de la haïr, tellement plus facile. J'arrivais à détourner mes sentiments. Et inconsciemment, je devais trouver cela assez rassurant, d'avoir ce pouvoir sur l'amour. Du moins, c'est ce que je croyais. Et pendant un certain temps j'ai réussi à m'en persuader.

Cédric fixait Robin attentivement, attendant une réponse, un commentaire, mais son ami était totalement ahuri et se rendait également compte de tous les contrecoups que pourraient avoir ces aveux. Robin passa plusieurs fois son index sur ses lèvres, en signe de réflexion. Toujours perdu dans ses pensées, il se leva pour arpenter les quelques mètres carrés de sa chambre.

— Est-ce que tu sais que Stéphanie sort avec Thomas ? le questionna-t-il enfin.

— Ouais, je suis au courant, confirma Cédric. Et je suis tout à fait conscient des problèmes que ça peut entraîner si Thomas et Stéph apprennent ce que je t'ai dit. Je ne tiens pas à créer le trouble, tu sais. Je crois que j'en ai déjà assez causé comme ça…

Les deux garçons se regardèrent un instant. Robin devinait que son ami espérait beaucoup de cette discussion. Si Cédric s'était ainsi livré de façon aussi totale, c'était parce qu'il espérait l'aide de Robin. Mais le bassiste se sentait impuissant, voyant très mal comment il pourrait parvenir à l'aider. Par ses aveux, Cédric rendait son ami complice de son secret, lui transmettant ainsi une part de ses propres problèmes, ce qui était quelque peu délicat pour Robin. S'il y avait bien une chose qu'il détestait, c'était se retrouver dans ce genre de situation, pris entre l'arbre et l'écorce. Comment parvenir à satisfaire tout le monde, sans que personne ne ressorte lésé de l'affaire ? Il lui fallait réfléchir. Cédric ne savait pas encore que Stéphanie était également amoureuse de lui, et ce n'était sûrement pas à lui, Robin, de l'informer de cela, jugea-t-il. Enfin, il comprit qu'il devait en aviser Stéphanie et que la décision lui reviendrait. Pour le reste, Robin n'entrevoyait pas de problèmes majeurs à la réintégration de Cédric dans le groupe. Il en était persuadé, personne n'en ferait de cas, une fois que Cédric se serait excusé auprès de tout le monde. Robin connaissait assez ses amis pour savoir qu'aucun d'eux n'était rancunier et que tous aimaient sincèrement Cédric. Non, le seul et unique problème résidait dans les sentiments de Cédric pour Stéphanie et dans la relation de celle-ci avec Thomas. Thomas étant un ami d'enfance de Cédric, est-ce que cette rivalité pour une fille allait mettre fin à leur relation ? Robin avait de sérieux doutes sur la suite des événements, et Cédric était là, en train de le regarder en se mâchouillant l'intérieur des joues, anxieux.

— Écoute, Cédric, c'est assez délicat comme sujet. Je pense que nous devons procéder par étapes. La première est de présenter tes excuses à l'ensemble du groupe. Pour le reste, je crois que tu dois attendre un peu, le temps de voir comment Stéphanie te percevra maintenant que tu seras plus sympa avec elle. Laissons le temps agir, et qui sait ?

— Ouais ! Tu as tout à fait raison. Je ne dois rien bousculer. Si ça se trouve, avec tous les ennuis que je lui ai faits, elle ne voudra même plus m'adresser la parole. Je vais donc commencer par changer mon attitude envers elle et envers les autres… Après, plus tard, nous verrons…

— Je crois que c'est ce qu'il y a de mieux à faire, pour le moment.

— OK ! Ça me va… Bon alors, vous avez une répète cet après-midi à quinze heures, c'est ça ?

Robin opina du chef pour confirmer.

— Alors, je me joindrai à vous à ce moment-là, et je présenterai mes excuses. Ce ne sera pas facile, tu sais ? dit Cédric en fronçant les sourcils.

— Je n'en doute pas un instant, Cédric, mais tu dois le faire si tu souhaites réintégrer le groupe. Et plus vite ce sera fait, plus vite nous pourrons reprendre les répétitions. Dois-je te rappeler que le *show* a lieu vendredi ?

— Inutile, je le sais bien ! Je serai là tout à l'heure, tu peux compter sur moi. Et c'est d'un air repentant, à genoux s'il le faut, que je vous demanderai pardon !

— Nous n'en exigerons pas tant, conclut la bassiste en poussant amicalement son copain. Content de te retrouver comme avant !

Robin donna une grande tape amicale à son ami d'enfance, qui lui répondit de la même façon. Ainsi fut scellée leur amitié renouvelée. Le pardon avait agi, il n'en fallait pas plus pour oublier les erreurs passées.

Lorsque Robin se retrouva seul dans sa chambre, il réfléchit pendant de longues minutes à ce qu'il devait faire à la suite de l'aveu de Cédric. D'abord, il pensa qu'il devait en informer Stéphanie. Puis il se demanda s'il ne devait pas laisser les choses se faire toutes seules. Après tout, Cédric ne lui avait pas demandé d'intervenir auprès de la jeune fille : la seule chose qu'il avait indirectement sollicitée, c'était qu'il l'aide auprès des autres à reprendre sa place en tant que chanteur au sein des Isotopes. Cédric ignorait tout des sentiments que la guitariste éprouvait pour lui, et Robin se demanda si ce n'était pas mieux ainsi. Stéphanie semblait heureuse auprès de Thomas : après tout, peut-être en était-elle maintenant amoureuse ? Il est possible, espérait Robin en présageant les problèmes que pourrait entraîner cette éventualité, qu'elle ait définitivement tourné la page sur Cédric.

Bien entendu, Robin ignorait encore qu'Odile venait tout juste d'avoir une discussion avec Stéphanie et que celle-ci lui avait avoué son amour qui perdurait toujours pour l'ex-chanteur du groupe ! Il ne se doutait pas non plus que Cédric avait été au cœur de leur conversation.

Ne sachant trop quoi penser, Robin se dit qu'il devait dans un premier temps connaître les sentiments qu'éprouvait sa cousine envers son ami. À partir de là seulement, il pourrait envisager une quelconque solution. En attendant, il ne pouvait que demeurer dans le flou à échafauder des hypothèses.

Il extirpa son cellulaire de la poche de son blouson de jeans noir, accroché avec négligence à la porte de sa garde-robe, et composa le numéro d'Odile. La sonnerie du téléphone retentit plusieurs fois avant que la charmante voix de sa dulcinée réponde sur un ton amoureux.

— Bonjour, mon amour.

Grâce à son afficheur, Odile savait pertinemment qui l'appelait, et c'est avec excitation qu'elle fit signe à Stéphanie, qui était toujours près d'elle au centre commercial, de patienter. Elle prêta l'oreille à ce que Robin lui disait à l'autre bout de la ligne, confirma en souriant qu'elles quittaient justement les lieux, qu'elles avaient enfin trouvé ce qu'elles cherchaient et qu'elles seraient de retour chez elle dans une trentaine de minutes. Odile écouta ce que son amoureux avait à lui dire, puis lui dit :

— OK ! J'arrive. Je serai chez toi dans peu de temps.

Éteignant son cellulaire, Odile se tourna vers sa copine.

— Écoute, je dois aller voir Robin, il semble très anxieux. J'espère que ça ne t'embête pas trop ?

Stéphanie fit non de la tête, un peu intriguée.

— Non, bien sûr, je comprends. Rentrons ! Tu me raconteras… dit-elle avec son plus charmant sourire, auquel Odile répondit, l'air néanmoins soucieux.

Lorsque Robin ouvrit la porte d'entrée, Odile se jeta aussitôt dans ses bras pour l'embrasser longuement. Ils se regardèrent un instant, savourant le plaisir de se revoir et la satisfaction pure et simple de se retrouver en présence l'un de l'autre. Le jeune garçon maintenait ses bras fermes autour des frêles épaules d'Odile, tout en l'attirant tranquillement dans son antre. Odile regardait autour d'elle, quelque peu inquiète à l'idée de voir la mère de Robin surgir.

— Ma mère est dehors, si c'est ce qui t'inquiète… lança Robin en suivant son regard.

— Tu m'as manqué, lança Odile, alors que Robin refermait derrière elle la porte de la chambre.

Sans rien dire, il plongea ses yeux noirs en amande dans les yeux scintillants de bonheur de la jeune fille, tout en l'invitant à s'asseoir auprès de lui sur son lit. Robin prit alors le visage d'Odile dans ses mains, l'examina un court instant avant de déposer délicatement ses lèvres sur les siennes. Odile, quoique étonnée de l'extrême douceur de son amoureux, se laissait porter par les sensations qui naissaient en elle.

— Je t'aime, lui murmura-t-il.

Odile le regarda en coin.

— Moi aussi, je t'aime…

Ils continuèrent à s'embrasser jusqu'au moment où Odile le repoussa tendrement.

— Que se passe-t-il, Robin ? Pourquoi une telle démonstration d'affection ?

Robin fit un drôle d'air, mi-outré mi-amusé.

— Je ne comprends pas, lui lança-t-il, faussement vexé. Je veux simplement que tu saches que je t'aime, c'est tout !

— Oui, et j'en suis très heureuse, mais avoue que ce n'est pas tellement ton genre. Tu es extrêmement romantique et très attentionné, mais pas comme ça, pas de cette façon.

— Vous n'êtes jamais contentes, vous, les filles…

Malgré cette remarque, le jeune garçon gardait son air amusé, ce qui laissa présager à Odile qu'il ne pensait pas ce qu'il disait. Mais cela ne l'éclairait en rien sur son comportement, qu'elle trouvait plutôt étrange. Robin n'était pas du genre à s'effaroucher de ses sentiments, mais il n'était pas non plus de nature à les étaler à tous moments, et surtout pas comme ça, en plein milieu de l'après-midi, alors qu'ils étaient tous plus ou moins stressés. Mais Odile décida de patienter, en se disant qu'il lui parlerait le moment venu de ce qu'il avait en tête et que, après tout, elle n'avait qu'à profiter de ces doux instants en sa compagnie. Ils étaient si peu souvent en tête à tête.

La jeune chanteuse n'eut pas à attendre bien longtemps avant que Robin lui demande :

— As-tu passé une belle journée avec Stéphanie ? Avez-vous enfin trouvé ce que vous cherchiez ?

Odile se dégagea de ses bras pour le regarder en face.

— Depuis quand t'intéresses-tu à nos séances de magasinage ?

— Je m'intéresse toujours à ce que tu fais, mon amour !

Odile fronça les sourcils. Bien sûr, il s'intéressait toujours aux moindres choses la concernant, mais la jeune fille sentait qu'il y avait tout autre chose sous cette banale question.

— OK, Robin ! Que veux-tu savoir ? Dis-le-moi, ça sera moins compliqué et on arrêtera de tourner autour du pot. Non ?

Robin la regarda, amusé, avant de la ramener contre lui.

— Toujours aussi directe, n'est-ce pas ? C'est un trait de famille chez les Langevin…

Odile ne répondit rien. Alors qu'il l'étreignait tendrement, elle se dégagea dans un sursaut.

— Nous y voilà, tu veux me parler de mon frère… Tu as vu Cédric, c'est ça ?

— Perspicace ! lança-t-il en plaisantant. Tu as raison, je viens de passer un moment avec ton jumeau.

Robin regretta aussitôt d'avoir vendu la mèche. Il avait dans un premier temps pensé procéder autrement, mais il venait de mettre Cédric sur le devant de la scène. Il lui serait maintenant impossible de questionner Odile sur les sentiments de Stéphanie sans qu'elle fasse un lien avec son frère. Odile était non seulement une fille intelligente, mais également très intuitive. De plus, elle connaissait suffisamment son frère et ne mettrait pas longtemps à comprendre que Cédric pourrait avoir d'éventuels sentiments pour Stéphanie. Robin s'en voulait. Il lui fallait agir autrement. Il se demanda s'il ne devait pas tout simplement dire la vérité à la jeune fille, puis il se ravisa, se souvenant qu'il avait donné sa parole à Cédric et qu'il était hors de question de le trahir. La situation n'était vraiment pas facile, et il ne savait trop comment se sortir de ce mauvais pas. Odile ne le lâcherait pas, c'était évident. Il entrevoyait déjà quelques complications à l'horizon. La voix d'Odile le rappela à la réalité :

— Je veux tout savoir !

Robin la regardait en se pinçant les lèvres, hésitant, tandis qu'elle le dévisageait, une étincelle de curiosité dans les yeux. S'il ne pouvait dévoiler entièrement son secret en raison de la promesse faite à Cédric, il pouvait tout de même lui confier quelque chose, qui, espérait-il, la satisferait temporairement.

— Cédric désire réintégrer le groupe et il viendra à la répète tout à l'heure.

Odile le regarda un instant. Son œil se faisait plus curieux et un drôle de sourire courait sur ses lèvres. Il y avait autre chose, elle en était sûre. De son côté, Robin saisit qu'elle cherchait à comprendre la situation et qu'elle s'apprêtait à lancer son offensive. Il la regarda intensément avant de lui dire :

— Ne m'interroge pas plus, s'il te plaît, j'ai donné ma parole à ton frère que je ne dirais rien de ce qui s'est dit ici tout à l'heure.

Robin perçut aussitôt un changement dans le regard d'Odile. Un trouble venait d'envahir ses magnifiques yeux noisette. La chanteuse baissa la tête en laissant échapper un profond soupir. Robin sentit à son grand soulagement qu'elle renonçait à le questionner, qu'elle abdiquait. Il l'entendit dire avec beaucoup de regret dans la voix :

— Ne t'inquiète pas, je ne vais pas tenter de te tirer les vers du nez. Je comprends ta position et je sais à quel point tu es honnête. Si je le voulais, je parviendrais à savoir ce que vous vous êtes dit, mais je n'en ferai rien, car je sais qu'après tu t'en voudrais d'avoir rompu ta promesse et que tu m'en voudrais également… Et je ne tiens pas à ce qu'il y ait des discordes entre nous. Jamais. Je t'aime trop pour ça. Ma curiosité patientera.

Le jeune bassiste la regardait, étonné. Ses yeux se teintèrent de tendresse et, le regard éperdument amoureux, il lui murmura dans le creux de l'oreille :

— Tu me donnes tous les jours de nouvelles raisons de t'aimer un peu plus, dit-il en l'embrassant avec passion. Merci, mon amour.

Odile roulait des yeux, faisant mine d'être déçue, mais heureuse de constater qu'elle venait d'avoir une attitude des plus réfléchies. À ce moment précis, elle se sentit plus vieille. Mais ce qui la réconfortait plus encore, c'est qu'elle réalisait que cet élan soudain de maturité venait de renforcer sa relation avec Robin, et elle s'en félicitait.

— Je veux te poser une question, demanda son amoureux. Mais je ne t'en dirai pas davantage et, même si tu en tires des conclusions, je ne répondrai pas. OK ?

Odile acquiesça, résignée.

— Est-ce que Stéphanie est amoureuse de Thomas ?

La chanteuse le regarda, surprise de cette question. Robin lut dans les yeux d'Odile le cheminement de ses pensées. Elle mettait les pièces du casse-tête en place, et elle en tirerait bientôt ses propres conclusions, le jeune homme en était persuadé, mais il n'avait guère le choix : s'il voulait aider Cédric, il fallait qu'il sache à quoi s'en tenir.

— Je vais être franche avec toi, puisque cela semble avoir de l'importance pour je ne sais trop quelle raison, bien que je commence à avoir ma petite idée… Stéphanie fait son possible pour aimer Thomas, mais elle a toujours l'esprit occupé par mon cher frère. Bien qu'elle aime toujours Cédric, elle le déteste tout autant. Ai-je répondu à ta question ?

— Tout à fait. Merci, mon amour.

— Tu me revaudras ça !

— Quand tu voudras…

Robin enlaça sa tendre amie, prêt à lui faire oublier cette discussion qu'il trouvait pour le moins périlleuse.

— Et si nous parlions d'autre chose ? suggéra-t-il.

Ils venaient tout juste de sceller leurs lèvres quand ils entendirent frapper à la porte. Les deux amoureux se regardèrent, avant d'éclater de rire devant le grotesque de la situation. Il leur était toujours impossible de se retrouver seuls, même un bref instant. À tout moment, ils étaient dérangés, continuellement entourés, et le reste du temps séparés parce qu'ils n'avaient pas les mêmes cours. Depuis le début de leur relation amoureuse, ils pouvaient compter sur les doigts d'une main les occasions où ils avaient pu se retrouver en privé. Robin cria :

— Il n'y a personne, partez… qui que vous soyez !

La porte s'entrouvrit et laissa apparaître la binette de Thomas, tout sourire et espiègle.

— Désolé, les amoureux, mais il est quinze heures et nous avons une répète dans une quinzaine de minutes…

Robin lança son oreiller à la figure de son ami qui se moquait d'eux et qui n'était aucunement navré.

Chapitre 9

Ils étaient tous arrivés dans le sous-sol des Langevin, et chacun accordait son instrument. De son côté, Odile préparait croustilles et boissons qu'elle empilait sur un plateau, quand son frère fit son apparition dans la cuisine.

— Salut, frérot ! lança-t-elle sur un ton enjoué.

Cédric la regarda un instant, tentant de la sonder. Devant son air inquisiteur, elle poussa un soupir avant d'ajouter :

— Ne t'inquiète pas, Robin ne t'a pas trahi. Je sais que vous vous êtes vus, et il m'a simplement informée que tu souhaitais réintégrer le groupe, c'est tout. Pour le reste, si reste il y a, il est demeuré fidèle à la promesse qu'il t'a faite. Ça te va ?

Le garçon, qui venait de se servir un verre de lait, s'approcha lentement de sa sœur qui se tenait sur ses gardes. La personnalité de Cédric avait tellement changé ces derniers mois qu'elle appréhendait quelque peu ses réactions. Mais à son grand étonnement, il déposa sur sa joue un tendre baiser. Estomaquée, Odile le regarda s'éloigner. Avant de disparaître dans le couloir qui menait aux chambres, il se retrouva nez à nez avec Stéphanie qui avait assisté à la scène dans l'embrasure de la porte de la cuisine. La guitariste, toujours vêtue de son sempiternel jeans troué et d'un t-shirt à manches longues délavé, était toujours aussi magnifique. Stéphanie faisait partie de ces filles qui n'ont nul besoin d'artifices pour être belles. Elle était naturellement resplendissante, même dans des atours des plus ordinaires. Il la regarda un court instant, plongeant son regard noisette empreint d'admiration dans ses magnifiques yeux verts légèrement maquillés, le temps d'une plainte muette. Il avait tant de choses à lui dire, mais il n'en fit rien et poursuivit son chemin. Elle aurait souhaité le retenir, mais s'en abstint, elle aussi. Elle entendit Odile dire à voix basse :

— Il me surprendra toujours celui-là !

— OK ! Avant tout, j'ai quelque chose à vous dire.

Thomas, Stéphanie et Odile rejoignirent Robin.

— À vrai dire, je ne sais pas trop par où commencer… reprit Robin. Nous avons connu quelques revirements plutôt difficiles ces dernières semaines, et nous sommes tous passés par une vaste gamme d'émotions. Alors que nous étions unis par une amitié solide, le départ de Charles-Étienne a quelque peu ébranlé ce que nous pensions immuable. Pourtant, nous savons tous que rien n'est figé à jamais, et que même l'univers est en mouvement… *Wow!* J'ai l'impression de parler comme mon père… Mais voilà, une amitié comme la nôtre ne peut pas se défaire, elle ne peut que ployer sous le vent, mais jamais totalement se briser…

— Et blablabla… Le revoilà parti ! Tu devrais en faire une chanson, mais en anglais, s'il te plaît, ça sonnerait moins nunuche ! Quel poète tu fais, et tu trouves tout ça tout seul ? le coupa Thomas en plaisantant, tandis que les filles se moquaient également de lui.

— Ce que j'essaie de vous dire, poursuivit Robin après avoir lancé un regard réprobateur à son ami et avoir fait de gros yeux à Stéphanie et Odile, c'est que Cédric me manque et que je suis certain qu'il en est de même pour vous.

L'atmosphère redevint soudain plus sérieuse. Thomas et Odile acquiescèrent de la tête. Quant à Stéphanie, même si son cœur hurlait qu'elle aussi désespérait de le revoir, elle ne pouvait en dire autant car, dans les faits, elle ne connaissait pas vraiment l'ex-chanteur du groupe.

— Voilà, j'ai donc une offre à vous faire. Je vous propose de réintégrer Cédric dans le groupe…

Robin attendit une seconde avant de poursuivre :

— Êtes-vous d'accord ? Il est en haut des marches, prêt à venir nous rejoindre... Alors, qu'est-ce que vous en dites ?

Les trois autres membres des Isotopes échangèrent quelques regards silencieux, puis Thomas se racla la gorge et prit la parole.

— Je veux bien, mais il va falloir qu'il change, et surtout je veux qu'il nous présente des excuses, principalement à Stéph.

Le garçon saisit aussitôt la main de sa copine pour démontrer tout l'amour qu'il avait pour elle, ainsi que sa volonté de la défendre, même contre un ami.

Robin les observait en silence, tandis qu'Odile suivait attentivement la scène. Robin regardait Stéphanie. Odile perçut dans ses yeux un mélange de tristesse et de compassion, puis son attention se porta un bref instant sur Thomas. Elle commençait à saisir ce qui était en train de se jouer. C'est alors qu'elle vit Cédric apparaître derrière Stéphanie et que la lumière se fit dans son esprit. Elle voulut dire quelque chose, mais déjà Robin lui serrait la main pour la retenir, car il venait lui aussi de comprendre qu'elle avait décodé toute l'affaire.

— Et toi, qu'en penses-tu ? Souhaites-tu que ton frère réintègre le groupe ? lui demanda-t-il pour couper court à tout autre réplique de sa part.

Elle regarda Robin, confuse, ne sachant pas trop quoi dire, ni quoi faire. Elle aurait aimé le prendre à part et lui demander si elle avait raison. Elle porta son regard sur son amie, puis sur le batteur, qui attendaient sa réponse, et enfin sur Cédric. Elle le dévisagea une fraction de seconde, comprenant par le fait même le malaise de Robin et la soudaine bonne humeur de son jumeau. Elle l'aimait tellement et avait si souvent souhaité son bonheur... mais elle n'avait jamais imaginé que ce serait aux dépens d'un de ses meilleurs amis.

— Alors, Odile, que choisis-tu ? la pressa Robin, quelque peu mal à l'aise.

— Je veux bien, dit-elle d'une voix hésitante. Je n'ai jamais souhaité que ton bonheur, Cédric, conclut-elle avec tristesse.

Cédric les regarda tous, les uns après les autres, s'attardant un peu plus sur la guitariste, avant de prendre la parole.

— Bon, je pense que c'est à mon tour de parler. Je ne sais pas trop par quoi commencer, mais avant tout je veux vous présenter mes excuses. Je suis réellement désolé de m'être comporté aussi grossièrement avec vous, et plus particulièrement avec toi, Stéphanie.

Il enveloppa d'un regard passionné la jeune fille qui tentait de regarder ailleurs. Pendant une seconde, les yeux de Stéphanie croisèrent ceux de

Thomas, mais elle ne put soutenir le regard du batteur tant elle était mal à l'aise.

— Je me suis conduit comme un minable envers toi, l'entendit-elle poursuivre, et je n'ai pas assez de mots pour te dire à quel point je le regrette. Le compositeur ici, c'est Robin, moi je ne fais qu'interpréter ses paroles. Pardonne-moi, veux-tu ? Et devenons amis.

Robin, Odile et Thomas attendaient nerveusement la réaction de la jeune guitariste. Thomas, n'étant pas idiot, voyait bien que sa copine était mal à l'aise et la scène lui sembla des plus étranges. Il ne pouvait pas encore préciser de quoi il s'agissait, mais il sentait bien qu'il se passait quelque chose. Cette sensation eut tôt fait de le mettre de mauvaise humeur et, pendant un instant, il se demanda s'il n'allait pas s'opposer au retour de l'ex-chanteur. Il flairait le danger, sans comprendre encore tout à fait d'où il allait venir et de quoi il retournait. Stéphanie se tourna vers lui, le regard désespéré. Thomas aurait voulu dire quelque chose pour détendre l'atmosphère, mais les mots ne lui venaient pas.

— J'accepte tes excuses, Cédric, dit enfin Stéphanie. Et je serais heureuse que tu sois de nouveau dans le groupe. Je n'ai jamais souhaité de discordes et j'espère que dorénavant nous nous entendrons mieux. Je souhaite devenir ton amie, conclut-elle sous le regard de tous.

Cédric prit une grande inspiration pour tenter de refouler les émotions qu'il sentait monter en lui.

— Merci !

Ce fut la seule chose qu'il put dire tant il était ému. Robin lui vint encore une fois en aide.

— Et toi, Thomas ? demanda-t-il.

— Ça me semble OK ! lança Thomas, après quelques secondes de silence, tout en continuant de fixer attentivement Cédric.

— Parfait ! Maintenant, il va falloir se mettre au boulot. Il nous reste cinq jours avant le jour J. Ce qui veut dire qu'on commence sur-le-champ à bosser. Finie, la pause sentiments !

Sans plus tarder, ils s'installèrent tous à leur instrument et aussitôt, au signal sonore de Thomas, ils entamèrent *In the Shadows*, un classique du groupe finlandais The Rasmus.

Ils durent reprendre à quelques reprises certains passages de plusieurs chansons afin d'harmoniser les voix des jumeaux. Pour certains titres, pour lesquels une voix masculine convenait mieux, ils décidèrent qu'Odile serait simplement choriste. Odile ne s'en offusqua pas le moins du monde, trop heureuse qu'elle était de voir toute sa *gang* enfin réunie. Chacun percevait le retour de Cédric comme la fin d'une trop longue et triste période, et tous étaient prêts à donner beaucoup pour conserver cette sérénité retrouvée qui rendait le groupe meilleur qu'il ne l'avait jamais été.

La répétition allait bon train depuis près de trois heures, quand la sonnerie du cellulaire de Thomas se fit entendre dans la poche cargo de son pantalon. D'un geste de la main, il fit signe au reste du groupe d'arrêter de jouer. Ils n'eurent à patienter que quelques secondes : le batteur, l'air plutôt renfrogné, refermait déjà son téléphone.

— Ah ! J'avais complètement oublié que je devais garder mon petit frère ce soir. C'est l'anniversaire de mariage de mes parents, et ils vont au resto. Faut que je parte, je n'ai pas le choix… Mes parents utilisent le *show* de vendredi comme moyen de pression pour satisfaire leurs moindres exigences… De vrais dictateurs !

Thomas se leva et déposa ses baguettes de bois de rose, puis ramassa son sac à dos négligemment posé à ses pieds.

— À quelle heure on se voit demain ?

— Moi, j'ai deux examens en matinée, mais je suis libre en après-midi, lança Robin.

— Moi aussi, rétorquèrent les filles en même temps, en pouffant.

— Moi, j'en ai un à onze heures, et un autre tout de suite après le dîner, dit Cédric.

— OK. Donc on pourrait se rejoindre ici comme aujourd'hui, vers quinze heures trente. Ça vous va ? s'enquit Thomas.

Puis il s'avança vers Stéphanie et, lorsqu'il fut à sa hauteur, lui demanda avec un charmant sourire accroché aux lèvres :

— Tu rentres avec moi ?

— Heu, non… Je vais rester un peu, et puis après je rentre chez moi : je dois réviser pour mon exam de demain.

— OK, dit Thomas en hochant la tête, un peu déçu. Alors, à demain ! lança-t-il aux autres.

Stéphanie le raccompagna à la porte d'entrée pour lui dire au revoir dans une plus grande intimité. Quelques minutes plus tard, elle réapparut. En arrivant dans le sous-sol, ses yeux croisèrent ceux de Cédric qui lui souriait maladroitement. La guitariste détourna aussitôt le regard et demanda aux autres :

— Bon, on fait quoi maintenant ?

— On peut revoir quelques passages, proposa Robin.

Ils poursuivirent ainsi la répétition une heure de plus, reprenant différents passages principalement pour ajuster les voix, avant de s'arrêter. Il commençait à se faire tard, et ils devaient tous étudier pour le lendemain. Alors que Stéphanie s'apprêtait à partir, Cédric lui proposa sur le pas de la porte de la raccompagner chez elle. Robin et Odile se regardèrent, ne sachant trop s'ils devaient intervenir. Mais ils n'en firent rien. Après tout, ce n'était pas leurs affaires, et Robin jugea que

Stéphanie était assez grande pour savoir ce qu'elle faisait. Quant à Cédric, il en était moins certain.

Cédric et Stéphanie marchèrent un moment en silence, ne sachant pas quoi dire pour rompre la glace. Le soleil était chaud et entamait tranquillement sa descente à l'horizon. La lumière orangée semblait se confondre avec la chevelure de Stéphanie sur laquelle elle se réfléchissait. L'effet était incroyable, et Cédric était totalement sous le charme. Il ne rêvait que d'une seule chose : prendre Stéphanie dans ses bras et l'embrasser. Il se demanda un instant ce qui se passerait s'il se laissait aller à le faire, comme ça, à froid, sans préambule ni explication. Comment réagirait-elle ? Pendant un court instant, il eut envie de mettre son rêve à exécution, mais il se ravisa. Non qu'il eût la trouille, mais il jugea qu'elle ne lui pardonnerait pas cette fois-ci, son faux pas. Il n'aurait pas de deuxième chance. Le risque était trop grand, d'autant que son désir ne s'arrêtait pas à un simple baiser. Elle était bien plus qu'une simple tocade ; il voulait passer du temps avec elle ; il voulait la connaître. Il souhaitait tout savoir d'elle, le moindre détail l'intéressait, même ses défauts. Il n'avait encore jamais ressenti de tels sentiments, et il s'avoua que c'était plaisant en fin de compte. Qu'avait-il eu à autant craindre l'amour ? Il ne s'en souvenait plus et n'avait aucune envie de chercher les raisons de ses peurs maintenant qu'elles étaient derrière lui. Pour gagner le cœur de Stéphanie, pour qu'elle l'accepte et l'aime, il devait l'amadouer, lui montrer qu'il était dans le fond un bon garçon. Après tout le tort qu'il avait fait, la chose n'allait pas être simple, il s'en doutait. Il devrait se montrer intelligent, patient, et ne plus agir en rustre comme il l'avait fait. Autrement, Stéphanie n'hésiterait pas un instant à lui donner une claque et à partir retrouver Thomas au pas de course. Cédric savait aussi que Thomas lui casserait la figure s'il posait un geste aussi délibéré… Pour un simple baiser, il verrait sa vie s'assombrir de nouveau : non seulement il perdrait toutes ses chances auprès de celle qu'il aimait, mais en plus il ruinerait son amitié avec Thomas, sans oublier les risques de perdre encore sa place dans les Isotopes. Il devait se montrer méthodique et taire ses pulsions. Il devait la séduire, tout simplement, agir de façon réfléchie et prendre son temps.

— Je suis vraiment heureux que vous ayez accepté de me reprendre dans le groupe, dit-il.

— C'était normal, non ? Après tout, tout le monde t'aime…

Cédric se tourna illico vers elle, saisissant au vol l'occasion qui se présentait. Il venait de se dire qu'il devait patienter, mais elle lui ouvrait la porte.

— Même toi, Stéphanie ?

Stéphanie sentit la terre s'ouvrir sous ses pieds. Elle venait de commettre une sacrée bourde et elle la regrettait déjà. Confuse, elle ne savait quoi répondre et tentait de comprendre l'intérêt soudain de Cédric pour une affirmation aussi banale.

— Ben, voyons, tu sais que toute la bande t'aime beaucoup… Quelle question !

— Oui, bien entendu que je le sais en ce qui concerne Robin, Odile et Thomas. Nous nous connaissons depuis toujours, et Odile, c'est normal, puisque c'est ma sœur, mais toi ? Toi, je ne connais pas tes sentiments à mon égard.

Ils étaient arrivés à quelques mètres de chez Stéphanie, et elle se demandait comment elle allait se sortir de cette impasse. Elle souhaitait si profondément rester fidèle à Thomas, elle avait tellement de tendresse pour lui. Et le simple fait de se trouver avec Cédric, l'ami d'enfance de son *chum,* sans que ce dernier ne soit au courant, la mettait mal à l'aise. À présent, Cédric la pressait de s'expliquer sur ses sentiments. Comment avait-elle pu se laisser entraîner dans cette histoire et pourquoi avait-il demandé à la raccompagner, alors qu'hier encore il l'ignorait totalement ? Elle s'en voulait d'avoir accepté, mais lorsqu'il le lui avait proposé, elle avait eu l'impression qu'il cherchait à se racheter auprès d'elle. Refuser n'aurait pas arrangé les choses entre eux. Mais maintenant, elle commençait à douter de ses intentions. Elle avait la désagréable impression d'être en danger, non pas physiquement mais émotionnellement, sans compter le malaise qu'elle ressentait en pensant à son amoureux. Elle avait l'impression d'être malhonnête envers Thomas. Elle ne désirait plus qu'une chose : rentrer chez elle en courant et fermer la porte au nez de Cédric. Elle souhaitait le fuir, l'oublier, qu'il quitte définitivement son esprit et son âme. Et pourtant il était là, devant elle, les yeux rivés aux siens, insistants. Dieu que c'était compliqué !

— Et toi, Stéphanie, m'aimes-tu un peu ? lui redemanda-t-il avec une grande douceur dans la voix, tout en lui prenant la main.

Cette fois, la guitariste crut défaillir. Comme elle aurait souhaité qu'il le lui demande deux semaines plus tôt ! Son esprit était en ébullition, et elle dut faire de gros efforts pour parvenir à articuler quelques mots compréhensibles.

— Cédric, je suis arrivée chez moi. Je te remercie de m'avoir raccompagnée… Je suis certaine que Thomas appréciera également ton geste.

Elle avait de la difficulté à parler et ressentait une sorte d'empâtement dans la gorge, comme si les mots qui sortaient n'étaient pas clairs. Pour preuve, Cédric ne lâchait toujours pas sa main.

Sans rien dire, ramassant tout son courage, Cédric prit le visage de Stéphanie dans ses mains et plongea son regard épris dans le sien, tentant de percer les remparts de son esprit, de deviner ses pensées. Ils restèrent ainsi quelques secondes, une éternité, le visage très proche l'un de l'autre, leurs lèvres s'effleurant, puis Stéphanie recula d'un pas.

— Non ! s'écria-t-elle en secouant la tête. Non ! Laisse-moi…

Elle s'élança vers sa demeure, confuse et totalement abattue. Elle venait de livrer une énorme bataille contre elle-même en repoussant Cédric, mais elle ne se sentait pas encore totalement à l'abri. Elle allait tourner la poignée de la porte, lorsqu'elle sentit une main se poser sur la sienne. Sans se retourner, elle dit :

— Mais que veux-tu, enfin ?

Cédric la força à lui faire face.

— Je veux connaître tes sentiments à mon égard. C'est important, ajouta-t-il, en désespoir de cause.

Cédric avait compris que, s'il n'agissait pas maintenant, si les choses n'étaient pas dites, elles ne le seraient jamais. Il y avait un temps pour les dire, après il serait trop tard. Ils devaient s'affronter.

Stéphanie le regarda un instant, sans voix, immobile, quand soudain les larmes se mirent à couler sur ses joues. Cédric voulut la réconforter en la prenant dans ses bras, mais elle se dégagea avec violence. Reculant de quelques pas, elle passa le revers de sa main sur ses yeux, maintenant furieuse.

— Ne m'approche pas ! Comment oses-tu faire ce que tu fais ? Tu es ignoble, sans cœur, inconscient de tes paroles et de tes actes, égoïste et sans scrupules. Tu me blesses depuis des semaines, tu agis en monstre avec tout le monde et tu trompes ton soi-disant meilleur ami en tentant de me séduire.

Son ton s'amplifiait au fur et à mesure qu'elle se vidait le cœur.

— Mais quel genre de gars es-tu ? Qu'attends-tu de moi ? Pourquoi es-tu là ce soir ? Va-t'en, Cédric ! JE TE DÉTESTE ! finit-elle par hurler.

Aussitôt, une lumière éclaira le seuil de la demeure, et la robuste porte de chêne s'ouvrit avec vigueur. C'était le père de Stéphanie, inquiet et menaçant, prêt à intervenir pour défendre sa fille chérie. La jeune guitariste, un instant décontenancée par cette apparition si inattendue, réalisa qu'elle venait de crier.

— Oh ! Papa… Ce n'est rien ! Excuse-nous… lança-t-elle pour le rassurer.

— Qu'est-ce qui se passe ici ? Tu vas bien ? demanda son père avec force.

— Oui, oui, tu peux rentrer ! Nous ne faisons que discuter… Je suis désolée d'avoir crié. Tout va bien, je rentre dans une minute, le temps de terminer cette discussion…

Le père de Stéphanie fit de gros yeux à Cédric, le jaugeant un instant, puis refermant la porte derrière lui avant de dire :

— Je suis juste à côté, ma chérie, si tu as besoin de moi…

Cédric, pétrifié, regardait fixement la porte à présent fermée. Il ne s'était pas attendu à ce que Stéphanie crie ainsi. Elle qui était toujours si douce et si compréhensive, elle était devenue soudain furibonde. Ses yeux se faisaient menaçants, et il comprit qu'il l'avait poussée à bout. Stéphanie craquait et lui lançait au visage tout ce qu'elle avait refoulé depuis des jours. Incapable de parler, il la regardait sans bouger, totalement démuni. Tous deux s'observèrent un instant, silencieux, les yeux inondés de larmes.

— Je suis désolé. Désolé pour tout ça. Stéphanie, si tu savais comme je m'en veux de t'avoir blessée… C'était plus fort que moi.

Dans un ultime effort, il lui raconta ce qu'il avait dit précédemment à Robin. Il lui parla de lui, de ses sentiments, d'elle, et conclut sur ces mots :

— Ce que j'ignorais alors, ou que je tentais d'ignorer, devrais-je dire, c'est que j'étais déjà fou amoureux de toi. Je t'aime, Stéphanie, comme jamais je n'ai aimé une fille, et je suis si malheureux du désastre que j'ai créé. J'ai foutu la confusion et je ne sais plus comment y remédier. Pardonne-moi, s'il te plaît ! Dis-moi que tu me pardonnes et je partirai. Vendredi, après le spectacle, je quitterai le groupe, et tu ne me trouveras plus jamais sur ta route, je t'en fais la promesse. Mais accepte mes excuses, je t'en supplie…

Cédric avait le visage empreint de tristesse et il ne faisait rien pour retenir les larmes qui dévalaient sur ses joues. Elle le regarda un instant, en silence. D'ailleurs, que pouvait-elle dire ? Elle s'interrogeait sur ce qu'elle devait faire. Méritait-il qu'elle le réconforte ? Devait-elle lui pardonner ? Sans chercher à prolonger plus longtemps ses souffrances, elle posa sa main délicate sur son bras. Cédric releva la tête. Les yeux envahis de larmes, il n'osait plus rien faire, il attendait. Pour la première fois depuis leur toute première rencontre, elle le voyait tel qu'il était réellement, tendre et sincère.

Elle savait, du moins elle le comprenait, que tout dépendait maintenant d'elle. C'était elle qui écrirait la suite et la conclusion de cette histoire qui avait si étrangement commencé. Elle avait maintenant les rênes entre les mains.

Hésitante, Stéphanie s'avança d'un pas dans sa direction pour venir déposer un doux baiser sur les lèvres salées et imprégnés de larmes de Cédric. Il ne fit rien, appréciant simplement l'instant, se laissant emporter par le moment magique qu'il vivait.

— Je te pardonne, lui chuchota-t-elle enfin, tandis que ses lèvres frôlaient son oreille.

Cédric la contempla : un sourire éclatant vint balayer toute trace de chagrin.

— Oh ! Mon amour…

La lumière qui se trouvait juste au-dessus de leur tête, et qui quelques instants plus tôt s'était faite si violente, s'éteignit alors : les deux amoureux comprirent que le père de Stéphanie avait assisté à toute la scène. Pour protéger sa fille, il était resté de l'autre côté de la porte close, l'oreille aux aguets, prêt à intervenir en cas de besoin. Devant cette fin heureuse, il en avait conclu qu'il pouvait retourner devant son poste de télévision. Son bébé n'avait plus besoin de lui, du moins pour le moment, songea-t-il satisfait.

Ils demeurèrent enlacés pendant un bon moment, assis sur les marches de pierre de taille de la maison de Stéphanie, se découvrant enfin. Au bout d'un certain temps, Stéphanie, heureuse, dit avec regret qu'ils avaient des examens le lendemain et qu'il fallait qu'ils se quittent. Cédric trouvait qu'il était dommage de rompre le charme de cet instant si précieux, mais il pensa qu'elle avait raison et qu'il y aurait d'autres fabuleux moments comme celui-ci. Ils se séparèrent cent fois, avant que la jeune fille ferme enfin la porte derrière elle, laissant Cédric seul sur les marches, la tête dans les nuages. Jamais il ne s'était imaginé un instant que les choses se dérouleraient ainsi. Jamais il s'était même imaginé qu'il aimerait ainsi.

Le cœur léger, il descendit les quelques marches en exécutant quelques pas de danse spontanés. Heureux.

Il venait de dépasser le coin de la rue quand il remarqua une silhouette sombre qui se tenait immobile à quelques pas devant lui. Il leva les yeux. Sa première réaction fut de se tenir sur ses gardes, prêt à réagir au danger potentiel qui se dressait devant lui. Mais il se rassura en découvrant que cette ombre qu'il pensait menaçante n'était en fait que Thomas, son vieux copain. Cette constatation réconfortante fut immédiatement chassée par une série d'interrogations plus alarmantes : « Mais qu'est-ce qu'il fait là, à seulement trois maisons de chez Stéphanie ? Peut-être se rendait-il chez elle ? Après tout, ils sortent toujours ensemble… Le fait qu'il se tienne là, debout devant moi, a-t-il un lien avec ce qui vient de se passer ? Est-ce qu'il sait ? Se doute-t-il de quelque chose ? Ma présence ici doit lui paraître étrange… » Pendant une seconde, mille et une pensées lui traversèrent l'esprit, et Cédric n'en fut pas rassuré.

— *Hey*, salut ! Tu sais que pendant un instant tu m'as fait une de ces peurs…

Thomas continuait de le regarder, silencieux.

— Pourquoi est-ce que je t'ai fait peur ? dit-il enfin d'une voix basse et presque inquiétante.

« Son attitude n'est pas bienveillante, songea Cédric, il sait, il nous a vus. »

— Ben, tu te tenais là, dans l'ombre, sans bouger et sans rien dire. J'ignorais que c'était toi. Mais qu'est-ce que tu fais ici ? lança Cédric que la froideur de son ami rendait de plus en plus mal à l'aise.

— Je voulais voir Stéph.

— OK ! Et tu vas chez elle, c'est ça ?

— En fait, j'y étais il y a quelques minutes…

— Oh !

Cédric fut pris d'une soudaine appréhension. Ses doutes se confirmaient. Thomas les avait bien vus, lui et Stéphanie, probablement enlacés.

— Écoute, Thomas… commença-t-il.

— Je vous ai vus… le coupa Thomas avec une certaine mélancolie dans la voix.

Cédric ne savait pas comment réagir. Il hésitait à lui raconter un mensonge quelconque, mais il se ravisa. Thomas était son ami d'enfance, et il lui devait la vérité s'il souhaitait que son ami lui pardonnât un jour.

— J'en suis réellement désolé, Thomas… J'aurais souhaité que ça se passe autrement…

— Je savais depuis le début qu'elle aimait quelqu'un d'autre, elle me l'avait dit, et je savais également que notre histoire ne durerait pas longtemps. Pour qu'une relation dure, il faut que les sentiments soient partagés des deux côtés, non ?

— Effectivement, tu as raison… concéda Cédric avec une hésitation dans la voix.

Mais Thomas ne l'écoutait pas : il poursuivit pour lui-même, comme en aparté.

— J'ai toujours senti que ça ne durerait pas longtemps… Je ne suis pas stupide… Je sais pertinemment qu'on ne contrôle pas ses sentiments. On ne peut forcer quelqu'un à nous aimer. Stéphanie ne m'a jamais aimé, même si je sais qu'elle faisait des efforts… L'amour ne se commande pas simplement parce qu'on le souhaite.

Cédric écoutait son ami, attendri par sa tristesse et démuni à l'idée de ne pas pouvoir agir. Il aurait tellement souhaité que toute cette histoire ne se déroule pas ainsi, à l'envers. Il aurait été préférable depuis le début que les événements et les gens se soient présentés dans le bon ordre. Il y aurait ainsi eu moins de souffrances inutiles. Il ne savait pas encore comment Thomas allait réagir, ce qu'il allait faire maintenant qu'il connaissait la vérité sur lui et Stéphanie. Cédric s'attendait au pire. Thomas allait-il se jeter sur lui ? Allait-il disparaître, et avec lui, leur amitié ? Cédric poussa plus loin sa réflexion et pensa au spectacle qui devait avoir lieu seulement dans quelques jours. Pendant un instant, il crut que tout allait tomber à l'eau à cause de lui. Il s'en voulait tellement, mais comment aurait-il pu savoir ? Il devait faire quelque chose pour reprendre le contrôle des événements. Si le bateau partait à la dérive, c'était en grande partie de sa faute : c'était donc à lui de redresser la situation et de reprendre le gouvernail.

— Écoute, Thomas, il faut qu'on parle… Ce n'est pas ici, dans la rue, que nous allons régler nos différends. Suis-moi, il y a un café au coin, nous allons discuter…

Thomas le suivit sans rien dire, encore totalement anesthésié par ce qu'il venait de découvrir.

Ils s'installèrent dans l'arrière-salle d'un petit café branché, qui n'était pas trop de leur âge, mais qui ferait très bien l'affaire. De toute façon, ils n'étaient pas là pour la décoration ni pour l'ambiance, qu'ils ne remarquaient même pas. Ils commandèrent chacun un sandwich et des boissons gazeuses, puis Cédric s'adressa à Thomas, toujours silencieux.

— Je vais te raconter ce qui s'est passé pour que tu comprennes exactement la situation et la position inconfortable dans laquelle nous nous trouvons tous les trois, toi, Stéphanie et moi.

Sans pudeur, Cédric raconta à son ami toute son histoire de A à Z, dans les moindres détails, ainsi que les facteurs qui avaient pesé sur cette étrange journée : sa rencontre le matin avec Robin, leur discussion, sa réintégration dans le groupe et, enfin, la proposition qu'il avait faite à Stéphanie de la raccompagner. Il lui confia ce qu'il leur avait dit, les révélations et les découvertes qu'il avait faites. Il se dévoila entièrement, en toute franchise, jugeant qu'il ne devait rien cacher à son ami. Thomas l'écoutait attentivement, sans l'interrompre et sans exprimer la moindre émotion. Lorsque Cédric eut fini, il chercha des signes de compréhension dans les yeux de son copain d'enfance, mais celui-ci détourna le regard. Ils n'avaient pas touché à leur assiette. En fait, ils avaient commandé quelque chose uniquement pour avoir la paix. L'appétit était le cadet de leurs soucis.

Thomas vivait des émotions douloureuses. Il se sentait lésé par les événements, ce qui provoquait chez lui du ressentiment. Il en voulait à Cédric, plus que celui-ci ne pouvait l'imaginer, et il n'avait qu'une seule envie : le faire souffrir comme lui-même souffrait. Curieusement, il n'en tenait pas rigueur à Stéphanie, peut-être parce qu'il savait depuis le début que leur relation amoureuse se terminerait ainsi. Elle avait toujours été franche avec lui, et c'était lui qui, depuis le commencement, avait insisté pour sortir avec elle, malgré ce qu'il savait de ses sentiments. Jamais Stéphanie ne lui avait caché qu'elle ne l'aimait pas comme il le souhaitait. Tranquillement, il en était lui-même venu à la conclusion qu'ils allaient tôt ou tard se séparer. Il s'y était préparé depuis quelque temps déjà. Il avait compris qu'ils se trouvaient tous les deux dans un cul-de-sac.

— Pour être franc avec toi, Cédric, je me doutais que c'était toi… Ton comportement excessif lorsque tu te trouvais en présence de Stéph avait quelque chose d'étrange, de démesuré. Si elle t'avait réellement laissé indifférent, tu l'aurais ignorée tout simplement, sans démonstration. Je n'en avais pas la certitude, ce n'était pas une évidence, mais j'en avais l'intuition. Ce n'est que tout à l'heure, lorsque nous étions chez toi pour les répétitions, quand tu nous as demandé, et plus particulièrement à elle, de te réintégrer dans les Isotopes, que j'ai compris ton jeu. Tu cherchais à la séduire, c'était tellement évident. Mais je devais en être sûr… J'ai donc prétendu que je devais rentrer pour garder mon petit frère, mais c'était faux… L'anniversaire de mariage de mes parents n'est que la semaine prochaine. Quand ma mère a téléphoné pour me demander si je rentrais souper, j'ai vu là l'occasion d'en avoir le cœur net. J'ai donc attendu dehors, patiemment. Je n'étais pas sûr que vous alliez partir ensemble, mais j'ai tenté le coup. Et je ne savais pas encore ce que j'allais faire, ni même si mes soupçons étaient fondés, mais j'attendais. C'est lorsque je vous ai vus, toi et Stéph, partir ensemble que j'ai compris que j'avais raison. J'ai assisté à toute la scène, caché à quelques pas de vous. Vous étiez tellement centrés sur vous-même que vous ne m'auriez pas vu même si je m'étais trouvé à vos côtés. Quelle mise en scène tu lui as faite ! Je savais, du moins je me doutais, qu'elle tenterait de te repousser, car je la connais bien, et je sais que c'est une fille honnête… Toi, par contre… Je te connais également ! Tu devrais devenir comédien, t'as beaucoup de talent !

Cédric comprenait les raisons qui poussaient Thomas à se montrer cruel avec lui. Thomas cherchait à lui faire payer la peine qu'il ressentait. Qui n'agirait pas ainsi ? Il n'allait pas lui donner sa bénédiction alors qu'il lui prenait sa copine, comme ça, simplement parce qu'ils étaient amis. Mais étaient-ils encore amis ? Le chanteur comprenait la peine de Thomas.

— Je vais te dire une chose : Je trouve ça dégueulasse que tu cherches à me la voler…

— Écoute, Thomas, je ne cherche pas à te la voler ! Et puis, tu viens de me dire que tu savais que c'était fini entre vous. OK, j'aurais pu attendre un peu, mais ça aurait changé quoi ? Les choses se sont passées sans préméditation. Naturellement !

— Ce n'est pas pour la draguer que tu l'as raccompagnée chez elle, peut-être ? Tu veux me faire croire que c'est seulement par pure galanterie, pour qu'elle ne marche pas seule dans les rues, que tu lui as offert de la ramener, c'est ça ?

— Pourquoi pas ?

— *Hey !* Arrête de me prendre pour un idiot ! Il y a deux jours à peine, tu ne pouvais pas la voir en peinture, et là tu t'inquiètes pour elle ?

— Thomas, j'ai toujours su que j'aimais Stéphanie…

Cédric avait prononcé ses mots avec sérieux. Le ton n'était plus à la dérobade, ni à la bravade. Thomas le considéra un moment, avant de baisser les yeux.

— Je veux bien te croire… qui lui résisterait ? C'est une super fille et elle mérite mieux, que toi… et même moi. Je l'aime, moi aussi, et bien plus que tu ne peux t'en douter.

— Je sais, Thomas, je sais.

Il était déjà vingt et une heures passées. Cédric s'adossa un instant contre la porte d'entrée de chez lui. Thomas et lui s'étaient séparés en sortant du bistro, et Cédric s'était promené au hasard des rues, sans vraiment savoir où il allait, complètement absorbé dans ses réflexions. Il s'était même arrêté un moment devant chez Stéphanie, observant les fenêtres dans l'espoir d'y voir sa silhouette se détacher en ombre chinoise.

— C'est toi, Cédric ? s'inquiéta une voix venant du salon.

— Oui, c'est moi, Odile, qu'est-ce que tu fais ? demanda-t-il en entrant dans la pièce.

— J'étudie. Que veux-tu que je fasse d'autre à la veille d'un examen ? Tu es seul ?

— Je viens de laisser Thomas, il est rentré chez lui… Et Robin ?

— Lui aussi devait revoir ses notes de cours avant demain… Tu as vu Thomas ? Je croyais qu'il gardait son petit frère !

Cédric ne voulut pas répondre à sa sœur que le batteur leur avait raconté un bobard. Il ne souhaitait pas révéler les raisons qui avaient motivé ce mensonge compréhensible. Pour couper court à toute conversation, Cédric se dirigea vers la salle de bains.

— Je vais prendre une douche. J'ai eu une rude journée, et elle n'est pas terminée. Je dois étudier moi aussi…

Du fond du couloir, avant que la porte de la salle de bains se referme, Odile entendit son frère lui lancer :

— Ah oui… je sors avec Stéphanie !

Odile n'en crut pas ses oreilles. Elle se leva d'un bond et alla d'un pas rapide vers la pièce d'eau dans l'intention de questionner son frère. Elle entendit la douche couler, frappa à la porte en appelant Cédric, mais n'obtint aucune réponse. De toute évidence, son jumeau cherchait à la titiller. C'était tout à fait son genre : agacer les gens sans leur donner entièrement satisfaction. Odile claqua la porte de la paume de sa main en émettant un grognement de frustration.

Elle dut patienter une quinzaine de minutes devant la porte, qu'elle s'obstinait à regarder, avant que celle-ci s'ouvre enfin sur son frère.

— Encore là ? Eh bien, t'en as du temps à perdre ! Tu ne dois pas étudier ?

— Dis-moi tout, je veux savoir, et maintenant. Si tu cherches encore une fois à t'esquiver, tu ne pourras pas chanter vendredi soir, compte sur moi !

Cédric la regarda avec un air narquois.

— Des menaces ?

— Non, une mise en garde, tout simplement !

— Allez, viens, je vais tout te raconter, et après tu me laisses en paix, d'accord ? Je dois absolument étudier, et il commence à se faire vraiment tard. J'espère pouvoir dormir un peu avant l'examen.

En rentrant dans sa chambre une heure plus tard, Cédric se laissa tomber sur son lit en poussant un profond soupir de satisfaction. Il saisit son sac à dos, en sortit ses notes de cours et ses livres et les disposa autour de lui. Mais, avant de se mettre à l'étude, il regarda l'immense babillard qui occupait une partie du pan ouest de sa chambre. Une série de photographies y étaient épinglées. Sur l'une d'elles, on voyait quatre jeunes garçons âgés de neuf ou dix ans qui regardaient l'objectif en faisant d'horribles grimaces. Robin, Charles-Étienne, Cédric et Thomas affichaient avec gaieté l'insouciance de leur âge. Cédric se souvint de cette inoubliable journée d'anniversaire de Thomas, journée qui marquait également le début de leur grande amitié. Depuis ce fameux 21 avril – de quelle année déjà ? il ne s'en souvenait plus –, mais c'était bien à partir de cette date qu'ils ne s'étaient plus quittés et qu'ils avaient formé la bande des quatre. Son regard s'assombrit, bientôt traversé d'une lueur de tristesse.

« Va-t-il me pardonner ? Allons-nous retrouver les liens qui nous unissaient avant... avant l'arrivée de Stéphanie, avant que nous partagions ce même amour pour cette fille ? Sera-t-il présent au *show* de vendredi ? J'espère qu'il ne décidera pas de nous laisser tomber... Après tout, qui pourrait lui en vouloir, il perd Stéph et il m'en veut énormément... Dans le fond, pourquoi viendrait-il ? Thomas, j'espère que tu me pardonneras, jamais je n'ai souhaité ce qui nous arrive... »

Chapitre 10

Il y avait maintenant deux jours que Thomas n'avait pas donné de ses nouvelles, et tous les membres des Isotopes commençaient sérieusement à s'inquiéter. Chaque fois qu'ils téléphonaient chez lui, ses parents leur répondaient qu'il était absent. Ils l'avaient bien vu à l'école, mais il se trouvait déjà dans les locaux lorsque ses amis étaient arrivés, et les règlements entourant les examens de fin d'année avaient été des embûches insurmontables les empêchant de lui parler et même de l'approcher. Et sitôt ses tests terminés, Thomas disparaissait.

À la veille du spectacle, l'inquiétude allait grandissant : la tension régnait au sein du groupe. Ils continuaient de se rencontrer et de répéter comme ils le pouvaient, mais, sans batteur, le rythme n'était pas tout à fait le même. Plusieurs fois, ils s'étaient demandé si Thomas serait présent au festival et s'ils devaient eux-mêmes s'y rendre. Que feraient-ils une fois sur place sans leur *drummer* ? Il était hors de question de monter sur scène sans lui. Cette hypothèse était inconcevable.

Robin tentait de les rassurer en leur affirmant que Thomas serait présent, qu'il n'était pas du genre à laisser tomber ses amis. Ce à quoi Cédric répondait qu'il avait peut-être de bonnes raisons de le faire. Pour sa part, Stéphanie se sentait très mal à l'aise. Elle était persuadée que toute cette histoire était entièrement de sa faute, et ce, depuis le début. Malgré leurs ennuis et leurs inquiétudes, Cédric et elle semblaient sur un nuage. Ils ne se quittaient plus, et Stéphanie affichait enfin une mine radieuse. Cédric, lui, était plus détendu et tous étaient d'avis que l'amour lui allait à ravir.

Ils devaient se rencontrer une dernière fois avant le grand moment. Peu avant cette dernière répétition, Robin leur annonça qu'il avait reçu des nouvelles de leur batteur qui tenait à les assurer de sa présence le lendemain. Odile, Cédric et Stéphanie poussèrent un long soupir de soulagement, et la bonne humeur les regagna. Le bassiste, la tête légèrement baissée, tint toutefois à préciser une chose :

— Il y a un bémol… Thomas ne veut pas que vous vous affichiez ensemble durant tout le spectacle.

Cédric et Stéphanie se regardèrent un instant.

— Nous comprenons, dit Stéphanie, et par respect pour Thomas, nous nous étions déjà entendus à ce sujet. Nous ne souhaitons pas lui faire du mal, bien au contraire. Nous sommes vraiment malheureux pour lui… Nous ne lui aurions jamais fait un tel affront.

Pour fêter cette dernière soirée de répétition, ils commandèrent des pizzas et continuèrent à répéter divers morceaux aussi longtemps que cela fut possible. Ils étaient fin prêts, et c'est avec excitation qu'ils envisageaient le spectacle du lendemain. Leur seul regret était que Thomas ne soit pas là pour partager avec eux ces derniers instants si intenses qu'ils conserveraient toujours en mémoire. Les ultimes moments avant leur premier *show* !

Quelques instants avant le début du spectacle
des Isotopes, dans les coulisses.

Odile et Stéphanie se tenaient dans un coin, en retrait des autres, silencieuses. Thomas n'était toujours pas arrivé, et la représentation devait débuter dans moins de dix minutes. L'angoisse commençait à se faire sentir, et les deux filles étaient obnubilées par cette attente, le regard fixé sur l'entrée. Robin et Cédric ne se disaient rien non plus, mais au moindre bruit, ils se retournaient dans l'espoir de voir leur ami débarquer.

— Je commence à avoir des doutes, lança Cédric à l'intention de Robin qui se tenait à ses côtés, occupé à vérifier les branchements électriques.

— Il va venir…

— Comment peux-tu en être aussi sûr ?

— Parce que je connais Thomas, tout comme toi d'ailleurs !

Cédric allait lui répondre, mais il s'abstint. « Après tout, pensa-t-il, pourquoi lui enlever ses derniers espoirs. J'espère qu'il a prévu un plan de rechange, car si Thomas n'est pas là dans cinq minutes, on est dans la… Il va falloir penser à quelque chose… »

Au même moment, de derrière la scène, ils entendirent quelqu'un leur crier :

— Cinq minutes !

Cinq petites minutes, et le rideau allait se lever. Cinq minutes d'une extrême angoisse, puisque le batteur brillait par son absence. Ils prirent tout de même chacun leur place à l'invitation de Robin, accordèrent leur instrument et procédèrent à quelques tests de son. Odile et Stéphanie ne se quittaient pas des yeux ; elles avaient toutes les deux l'impression qu'elles allaient défaillir à cause de cette attente qui leur semblait insupportable.

— Deux minutes ! lança avec plus de discrétion la voix hors-champ.

Les quatre amis se regardaient, pétrifiés. Robin comprit qu'il ne restait plus qu'à aller trouver la responsable du festival, Paule Goldstyn, pour lui annoncer que les Isotopes ne feraient pas le spectacle, et qu'il fallait rembourser tous les billets. Ensuite, il leur faudrait changer de noms et disparaître de la ville. Tout à coup, il vit surgir des coulisses une silhouette familière. Thomas déboulait en trombe sur la scène jusqu'à sa batterie. Une fois installé, il leva les yeux vers ses amis :

— Ouf ! J'ai failli être en retard, j'avais bien dit à ma mère qu'il fallait que nous partions plus tôt !

Cédric hochait la tête avec satisfaction. Sans rien dire, il se dirigea vers le batteur et le serra dans ses bras. Les deux garçons se regardèrent, émus, puis Thomas poussa Cédric vers le devant de la scène.

— Le spectacle va commencer, pas le temps pour ce genre de bêtises !

Un rictus se dessina sur les lèvres du batteur. Il avait compris que Stéphanie n'était pas pour lui et que les choses étaient sans doute mieux ainsi. Son amitié pour Cédric valait bien ses sentiments pour la jolie guitariste. D'ailleurs, la nouvelle gardienne de son petit frère n'était pas mal non plus. « Je pense que je vais m'en remettre ! » avait-il dit à Robin la veille.

Le rideau se leva enfin sur les cinq artistes, qui étaient plus que prêts à offrir le meilleur d'eux-mêmes en cette grande et unique occasion. Les spectateurs applaudissaient déjà le groupe, et quelques cris jaillissaient des premières rangées.

Robin, pour l'occasion, avait revêtu une chemise japonaise de couleur anthracite et un pantalon noir ligné de blanc. Ses origines asiatiques lui donnaient beaucoup d'allure, ses cheveux noirs, droits et d'égale longueur, retombant avec style sur ses joues. De son côté, Thomas, avait fait un effort vestimentaire des plus intéressants : sur les conseils de sa mère, il portait un pantalon en tartan rouge et noir et un t-shirt noir sur lequel le visage de Che Guevara était dessiné en ombres rouges. Pour l'occasion, il s'était même fait faire des mèches rouges qui se dressaient sur sa tête, grâce à une mixture composée de blancs d'œufs, que sa mère, une ancienne rockeuse, lui avait spécialement concoctée. Cédric, toujours plus à la mode que les autres, portait un pantalon *baggy* kaki, sur le côté duquel pendait une longue chaîne, ainsi qu'un t-shirt à manches longues de coton blanc, de la marque Adidas Respect Me, sur lequel figuraient des slogans publicitaires, imprimés en noir dans une écriture finement calligraphiée. Ses cheveux blonds hirsutes s'évadaient d'un panama noir. Malgré la longueur excessive de son pantalon, on pouvait entrevoir à ses pieds une paire de classiques Converse en suède noir.

Stéphanie, pour sa part, portait un pantalon cargo noir et une camisole cintrée de la même couleur, sur laquelle scintillait un crâne en paillettes argent. Pour pouvoir se mouvoir plus facilement sur la scène, elle avait chaussé des bottillons de boxeur en cuir. Sur sa main droite, elle avait un tatouage temporaire au henné, alors qu'un gant de cycliste recouvrait sa main gauche. Sa magnifique crinière rousse lui tombait en cascade sur les épaules, maintenue en place par une casquette qu'elle portait à l'envers. Le *look* d'Odile différait complètement de celui des autres et se voulait plus *vintage*. La jeune chanteuse, visiblement heureuse, se présenta sur scène dans une petite robe moulante, noire à pois blancs, qui s'arrêtait aux genoux. Ses gros brodequins contrastaient étonnamment avec la féminité de sa robe, mais assuraient à l'ensemble un style plus jeune et moins conventionnel des plus charmants. Ses cheveux ébouriffés ajoutaient une touche volontairement négligée.

Les cinq membres des Isotopes s'échangèrent un regard de connivence et quelques sourires. Cédric s'attarda un peu plus sur Stéphanie, qui lui décocha un clin d'œil, avant de se tourner vers sa jumelle :

— Prête ?

Odile lui répondit par un sourire radieux, et Thomas lança le signal de départ en faisant claquer ses baguettes de bois de rose. Des cris se firent entendre dans les estrades dès les premières notes de *Crazy,* l'une des plus célèbres chansons du non moins célèbre groupe québécois Simple Plan. Le public se déchaîna quand les Isotopes enchaînèrent avec *Red Flag* de Billy Talent, accompagnant d'une même voix les chansons qu'il reconnaissait, et c'est dans un gigantesque écho que le groupe répondait à ses fans. Le rythme était donné et l'ambiance battait son plein. Les Isotopes offraient un spectacle renversant, digne de vrais pros.

La journée était magnifique. Le *show* se déroulait à l'extérieur, dans l'immense cour centrale de l'école agrémentée d'arbres centenaires et de bancs de pierre. Quartier général et lieu de rencontre de bon nombre d'élèves et de professeurs, les estrades formaient un hémicycle devant de la scène. Elles pouvaient contenir jusqu'à trois cents personnes et, en cette agréable journée d'été, elles étaient remplies. Les Isotopes étaient connus des élèves et, de toute évidence, ils étaient plusieurs à les soutenir. Le reste des spectateurs était composé de parents, d'amis de la famille ou de simples amateurs de rock alternatif. Les billets s'étaient très bien vendus et les organisateurs étaient fort satisfaits. Le groupe comprit rapidement que la représentation était un succès. Chaque membre offrit le meilleur de lui-même avec une grande fierté.

Une grande harmonie se dégageait du groupe, à tel point qu'en les voyant jouer avec une telle connivence, personne ne se serait douté que peu de temps auparavant, les Isotopes s'étaient fractionnés. Leurs esprits, différents mais unis par leurs sentiments, s'étaient retrouvés pour former un tout et avaient atteint un véritable point de fusion, une alchimie favorisée par l'amour qu'ils se portaient.

Cet ouvrage a été composé en Bembo 11/12,3
et achevé d'imprimer en mai 2007
sur les presses de Quebecor World
Saint-Romuald, Canada.